グッドラック　トゥータイム　ボーイ

内藤史郎

NAITO Shiro

文芸社

目次

プロローグ

大石文雄様
急に、このような手紙を書いてすみません。

私から貴方に手紙を書くことなんて初めてのことです。

私、文雄さんに、謝ろうと思って、この手紙を書いています。

実は、私、今の仕事を辞めて、実家に帰ることを決めました。

先日、所用で、帰省するお話をしました。

用事は、お見合いだったのです。前から母が、何度もお見合いの話を言ってきていました。私も試しに、一回くらいは、良いかなと軽い気持ちで帰省しました。

帰省しまして、母の勧める方とお会いしました。相手の方は、誠実そうで、とても良い方でした。ただ、私としては、まだ結婚の事等は、まったく気持ちの中にはありません。

今の私としては、私自身に少し変化が、欲しいと考えていました。その思いもありまして、近いうちに会社を辞めて、帰省して実家の旅館の仕事を手伝うことを決めました。

旅館の女将さん修業をしようと思っています。これからです。急にこんな決心をお伝えして本当にすみません。

それと、あとひとつ。

実は、先日、川端の商店街で貴方をお見掛けしました。ちょうど私が、実家に帰る日。

私は、櫛田神社近くのお菓子屋さんで、母が好きなお土産を買っていました。その時偶然、お店の前を、お連れの方と楽しそうにお話をされながら通り過ぎて行った文雄さんをお見掛けしました。本当に偶然でした。そのことと私が実家に帰ることが、関係ないと言えば嘘になりますが、あまり気にされないでください。

一年ほど前、文雄さんと再会できて、とても楽しかった。本当です。ありがとう。

もう、これからもよろしくとは言えませんが、私も、まだまだ頑張りますので、文雄さんも、お仕事頑張ってください。

少し長くなりました。

それでは、さようなら。

安部ますみ

私は、今、博多湾に浮かぶ小さな島、能古島《のこのしま》へ向かうフェリーの船上で、コートのポケットから取り出した、今まで何度となく読み返した手紙に目を通していた。もうその手紙は、長い月日で薄く色あせている。しかし、これもいつもの様に、取り返しのつかない過去の自分を〝この馬鹿野郎〟と激しく責めてそして涙するしかなかった。

私は、その薄く色あせた手紙を、細かく破いていった。

〝もう、忘れよう〟そう心の中で呟きながら細かく破いていった両手の中の手紙を、サッと海上へ投げ上げた。手紙は、博多湾の冷たい風に煽られ、桜の花が舞うように、波間へ散って行った。

第一章

秋の夕日が、素早く山の背の向こうに隠れようとしている。ちょうどサッカーの部活を終えて、家路を急いでいた橋の上、僕は友人と、昨晩聴いたラジオの深夜放送の話で盛り上がっていた。

最近、ラジオの深夜放送を聴くことが僕の田舎でも流行り始めて、僕も毎晩、夢中になって聴いている。

田舎の中学生の僕たちには、ラジオの深夜放送の情報がとっても刺激的で、毎晩、ドキドキ、ワクワクして聴きいっていた。まだ関東とか、関西の番組は流れていないが、ローカルの深夜放送でも十分楽しめる。時々、一生懸命チューニングして、セイヤングとか、ヤンタンとかを見つけて聴いていたが、北京放送の電波に邪魔されてなかなか聴けるものではない。

友人と昨夜聴いた深夜放送の話をしながら歩いていると、後ろを歩いていた後輩らしき

セーラー服の女の子が、

「先輩、それ毎晩一二時過ぎに泉アナウンサーがＤＪやってる〝ジャンピングフラッシュ〟でしょ。泉さんのおしゃべりが楽しくて私ずっと聴いています」

と、突然話しかけてきた。なんて図々しい女の子なんだと思い、無視して友達と話を続けていると、

「昨日、先輩のリクエスト、読まれましたよね。私も、昨日聴いていました」

と、またずけずけと話に入ってきた。ただ、番組で僕がリクエストした曲が流れたのを聴いてくれていたことが少し嬉しくて、

「え！　昨日、聴いてたの？　リクエスト、ビージーズの、〝マサチューセッツ〟。良かろ」

と、その子に話しかけると、

「でも、ビージーズは、イマイチどうでも良かったな」

と、はっきりと、僕の気持ちに逆らってくれた。図々しい上に、なんて言いたいことを言う女の子なんだと、少し頭にきて、

「じゃーね」

と、言って、その場をそそくさと帰って行った。

夕日は、既に山の向こうに隠れていて、通りの家の窓には、橙色の灯りがぽつぽつ輝き始めている。

我が家の今日の夕飯は、何かな？　と思いながら家路を急いだが、心の中には、さっき図々しく僕たちの話に入ってきた女の子のことが残っていた。生意気で、少し腹立たしかった。

ちょうど家に近づく曲がり角に差し掛かった時、僕の大好物であるカレーの匂いがしてきた。今日の夕飯が何かピンときて、矢も楯もたまらず、自宅の裏戸まで駆け足になった。

「ただいま！　今日、カレーやろ！」

「え！　なんで分かるとね？」

「分かるさ。そこ、曲がったら、すぐ分かった。においがしてきたもん。何カレー？」

「いつものスジ煮込みカレー。良かろ？」

「えー、またね？　たまには、本物の牛肉カレーでも作ってよ」

「なんね？　スジ煮込みは好かんとね？　好かんなら食べんでも良かよ。その辺にあるもん食べとき」

「なら、食べるったい」

「ならて言うなら、食べんでも良か」

スジ煮込みカレーにはちょっと飽きていたが、お袋の作るスジ煮込みカレーは、とても美味しい。お世辞でも料理があまり上手でないお袋の数少ない美味い料理の部類に入っていた。

「ご飯食べる前に、風呂の掃除と、風呂、沸かして」

「良いよ。その代わり、牛肉カレー作ってください。お願いします」

「まーだ、そんなこと言って。今日は飯抜き」

「分かった。分かった」

お袋といつもの他愛もない会話の後、簡単に風呂掃除をして裏の風呂の焚口の前で薪割りにかかった。風呂は五右衛門風呂で、大きな薪を四、五本最初に燃やしておけば、じわじわと燃える薪で十分遅い時間まで温かい。

僕は、薪割りが好きだ。薪を立てて、斧を一回振り下ろすだけで、「バスッ!」と薪が割れた時、とても気持ちが良い。上手に割れる時は、あまり音がしない。いわゆる、「バスッ!」という良い音がする。

しかし、「バクッ」とか「ボコッ」という鈍い音の時は、全く割れていない。斧も薪の途中で止まったままになっている。割る時、力はあまりかけなくても良い。小学生の頃から親父に習ってやっているので、そのコツが掴めている。

しかし、今日は音が悪い。「ボコッ」ばっかりで上手く割れない。頭の中に、なぜかずっと帰り道に言われたことが残っていた。あの女の子に「ビージーズなんて……」と、言われたことが残っていた。そして頭にきていた。

「クソッ、クソッ！」

と、叫びながら薪を割っていた。上手く割れないはずだ。

風呂に薪をくべ終わって、そろそろ夕飯の時間と思ったけれど、お袋の、

「ご飯よー、下りてきなさい！」の大声のお呼びがそのうち掛かるだろうと思い、それまで深夜放送のリクエストカードを書こうと思い、部屋に引きこもった。

五円ハガキに、目立つようにいつも水色のクレパスでハガキの上下に帯を描いてから、リクエスト曲など、いろいろと書き込んでいた。

しかし、まだ、帰り道のことが頭に残っている。書きたいことが、浮かばない。水色の帯だけ引いて、あとは、ずーっと頭の中は、

「ビージーズなんて……」と、言われたあのことでいっぱいになってしまった。そしてしばらくすると上下の瞼が友達になって、ボールペンを持ったそのままの姿勢で夢の世界に入っていった。

「先輩、もっとカッコいいバンド、知らないんですか？　シカゴ、クリーデンス・クリア

ウォーター・リバイバル、ショッキング・ブルー………」

「ご飯よー、下りてきなさい！」

と、お袋の大きな声が突然入ってきた。

僕は、ハッとした。さっきまであの女の子が、また、図々しく僕の中まで入ってきて何か喋っていたと思ったら、今度はお袋のけたたましい叫び声で目が覚めた。今日は、僕にとって最悪の一日となった。

それでも、スジ煮込みカレーはとっても美味かった。


秋と言うより初冬の寒さの朝、僕は、一軒一軒の郵便受けに、新聞を半分か、そのまた半分に折り畳んで入れていった。大体、朝刊を一〇〇部ほど、一時間くらいで配達するのが、僕のアルバイト。歩いて配達する。

小学校五年生の三学期から始めたので、かれこれ約三年。仲間内ではもうベテランかもしれない。小遣い欲しさもあるけれど、家の親父の商売があまり上手くいっていないことが大きい。服とか、他に欲しい物があっても、両親に言えなくて始めたのが、正直な気持ちだ。

最近、部活の練習がだんだん辛くなってきた。加えて毎日遅くまでラジオの深夜放送を聴いていたら時々寝坊するようになって、新聞屋の店主が、朝、目覚ましに来るようになっていた。

遅くとも六時には起きて行かないと、配達が終わるのが遅くなって、学校に遅刻する。三年に上がると受験が控えているので、そろそろ新聞配達は卒業しようかなと、思っている。

そんな辛い新聞配達でも、楽しみはある。

僕の配達先の中に、大きな旅館がある。昔は宿場町で栄えたこの町に、今でも数軒残っている旅館の内の一軒であった。旅館の玄関の軒先は、大きな三角形で、立派な瓦で飾られている。その下には、僕の身長の倍くらいのガラスを仕込まれた引き戸が構えられている。

この旅館の配達時間は大体終わりの方で、七時くらいに玄関先に着いていた。着いていたというより、七時ちょっと前に旅館の玄関に到着するように、配達時間を調整していた。時にはゆっくり配って、寝坊した日は、一生懸命走って配って、七時五分くらい前に四、五軒手前の配達をするように時間を調整していた。そうするとほぼ毎日正確に、七時前に旅館に到着する。

それはちょうどその時間、七時くらいに、旅館のお嬢さんが、毎日、通学で玄関を出てくる時間だった。

玄関から出てきたお嬢さんに、僕は、

「おはようございます！」

と、毎日、挨拶を交わすのが楽しみで、彼女も、

「おはようございます」

と、小さな声で返してくれる。

僕の一日は、彼女とこの朝の挨拶が交わされるか否かで、気分は、全然違っていた。

お嬢さんは、僕よりも年上、たぶん五歳くらいの差があって、高校三年生だと思う。

毎日、紫色のリボンのセーラー服で、この町から列車で一時間ほどかかる、キリスト教系の女の子だけの進学校に通っている。

身長は、女の子としては少し高く、いつも髪の毛は、後ろで編んでいた。顔つきも、僕だけの感想としては、すごく都会のお嬢さんのような上品な方で、気持ち一〇〇点満点。

彼女の通っていた高校は、日曜日は礼拝があるため登校日で、月曜日がお休み。

月曜日の配達の時、たまたま出掛ける用事があるのか、私服の彼女に会うことがあった。

紺色で腕に白い二本線の入ったVネックのセーター。スカートは、フリルの入った白いスカート。そしてピンクのベレー帽を斜めにかぶっていた。その時も、

「おはようございます！」

と、朝の挨拶をすると、

「おはようございます！」

と、その日は、少し大きな声で明るく返してくれた。なぜか頬も、少し緩んでいて楽しそうに見えた。

そんな彼女に巡り合えたその日、僕は、最高の一日の始まり、最高の一週間が来たと、一人で喜んで新聞配達を終えた。

朝食は、お袋の定番の、玉ねぎがたくさん入った味噌汁で一日が始まる。

お袋は、決まって、

「玉ねぎの味噌汁をたくさん食べなさいよ。玉ねぎは、頭が良くなるからね！」

と、小学校に入る前から口酸っぱく言われていた。しかし、頭の良さは、たいして変わらないと思っていたが、小さな時から毎日のように言われているので、頭が良くなるなら食べようと、いつものように自然とお椀を抱えている。本当に上手い洗脳だ。

お嬢さんから、明るく声をかけられたその日の玉ねぎの味噌汁は、特別美味しい。そして、僕も少し頭が冴えてきたように感じた。

そうして一日が始まる。校門をくぐって、授業を受けて、給食を食べて、部活でサッカーをしている間、ずっと一日中、僕の頭の中を、彼女の笑顔と「おはよう！」の挨拶が駆け巡った。

新しい年を迎えた。

今年は酉年。火の鳥のように優雅に空高く羽ばたけるか？　はたまた、鶏のようにコツコツとくちばしで地面を突っつく毎日を送るのか？

どちらの酉年になるかは分からないけれど、僕にとっては、中学生の最後の年。受験、部活、他いろいろ頑張らないといけない。元旦の目覚めは、そのような気持ちで清々しく迎えられた。

今年はずいぶん寒いような気がしてならない。冬の新聞配達は、当たり前だけれど寒いのが一番つらい。寒いというより、空気が冷たくて、手の先、指の先が、だんだんと痛くなってくる。言いようがないが、これが辛い。

幅五センチくらいの帯を前と後ろに肩から回して、縦に半分に丸めた朝刊の束を背負う。この束から一部ずつ新聞を引き抜く時、指先がゴワゴワした手袋では手早く引き抜けない。新聞を一部ずつ掴めるように、なるべく指先が少し薄い手袋をはめて配達する。

冬は、毎日ポケットに金属製の懐炉を仕込んで配達するが、寒すぎると途中で冷たさに負けて役立たなくなる。寒いとか、冷たいとか、そんな言葉では表せない。指先に鋭い、針のようなものが刺さったくらいの痛さを感じてくる。

元旦。

本日の天気、一日中、快晴の予報。

冬は、今日のような天気がとっても良い日の朝が、いわゆる放射冷却で、寒くて、寒くて辛い。太陽が昇るまでジンジン冷えて霜柱が立って、吐く息は、真っ白ゴジラ状態。

配達を始めて三〇分もすると、指先がたまらなく痛い。何度もグー、パーを繰り返しても痛さは変わらない。

今年は、正月から鍛えられると我慢しながら、配達はあと数軒。時間も計ったようにちょうど七時。正月だし、冬休みなので、たぶん今日は、お嬢さんとの朝の挨拶はないだろうと諦めていた。

いつものように、朝刊とスポーツ新聞をそれぞれ半分に折って玄関の横の郵便受けに入れようとしたとした時、玄関の反対側の通用口が、サッと開いた。

「明けまして　おめでとうございます！」

いつもの彼女の声で、新年の挨拶が、聞こえてきた。

「あっ、あっ、明けまして　おめでとうございます！」

僕は、びっくりして言葉に詰まってしまって、新年の挨拶を返した。すると、

「本年もよろしくお願い致します」

さらに彼女の方から、返事が返ってきた。

僕は舞い上がった。指先の痛さも忘れてしまって、返す言葉も言い出せなくて、

「え～………」とだけ言って、次の配達先にさっさと歩いて行った。

頭の中はもうぐしゃぐしゃで、何を考えているのか整理のしようがなく、ただ決められた配達先に朝刊を配って行った。

きっちりと朝刊を全部配達した証拠に、手元に朝刊は一部も残っていない。舞い上がってはいたが、仕事は間違いなく終わったことに安堵した。すると、今度は、指先の痛さが、ジンジンと戻ってくる。僕は、走って帰宅するとストーブのお湯で洗面器にぬるま湯を作り、手を温めた。いつものことだけれど、お湯で真っ赤になった両手は、今度はたまらなく痒くなってくる。

しかし今の僕は、寒くて、指が痛かったことと、反対にぬるま湯の中に浸かって手が痒くなったことは、どうでも良い。

今年は、とても素晴らしい年になりそうな予感がする。

手を温めながら見た、朝刊の今日の運勢も大吉。これが、今年ずっと続きますようにと、

心ひそかに祈った。当たりますように。

指先が落ち着いてから、我が家の郵便ポストに届いた年賀状を、僕が振り分けた。両親の分、兄の分、妹と弟の分、そして僕の分。

友達から二〇通くらい届いている。それとすごいことに、いつもリクエストカードを書いている深夜放送の番組スタッフから年賀状が届いていた。

本当に今年は良い年だと、また感激。

届いた年賀状の中に、一通だけ、全く見覚えのないハガキがあった。裏に、女の子らしい可愛い鳥のイラストと、

〝今年も、よろしくお願いします〟

と、挨拶文が書かれている。

差出人は、「原田みつ子」とある。

住所は、書かれていない。不思議に思ったが、誰だか分からないので机の上にそのままにしておいた。

お袋が、昨日の大晦日、店の片付けが終わってからも、遅くまでこしらえていたお節料理が、お膳いっぱいに並べられている。親父は朝起きて、早くから祝いの酒を始めている。

お袋が、

「明けましておめでとう。今年もみんな、頑張ろうね！」

と、言ったが早いか、もう僕たちは、唐揚げやら卵焼きやら、我先に箸を伸ばして、既に口に運んでいた。お節料理の定番、ごまめやたつくりなどには目もくれていない。諦めたお袋は、

「あんたたち、餅は、何個いるとね？」

と、雑煮の餅の数を聞いてきたので、僕は、

「六個いる。焼いた餅の方が、好きやけん、あとは自分でする」

唐揚げをくわえたまま、お袋に返事をした。

そして、一年が始まった。


今年の冬は、本当に寒い。寒くて寒くて、毎日の新聞配達が、とても辛い。この寒さで、毎日指先を針で突かれる痛さには、たまらなくなり、時々泣きたくなることがある。

ちょうど、旧正月の餅つきをして縁側に干した、あられやかき餅の硬さがそれらしく硬くなった二月の中頃、あまりにも寒い朝を迎えた。いつもの通り、五時半過ぎに目覚め、ズボン下を穿いて、新聞配達の恰好を調えた。みんなはまだ夢の中。

家を出るまでに、懐炉の芯にアルコールを浸してマッチで火を点けたり、靴の指先に唐

辛子の皮をガーゼでくるんで少し詰めたり、寒さ対策のいつもの支度を進めた。しかし、なぜか今日は、何かが違っている。ずっと頭のどこかで感じていた。何だか分からないけど今朝は、いつもと何かが違う。

同じ時間に目覚めて、同じ行動をしていたが、感じる音とか、明るさとか、はたまた香ってくる匂いが、いつもと違って感じた。

「なんだ、これは？」

そんなことを思いながら支度が調ったので、裏口の扉をいつも通りに開けようとしたが、何かが引っかかっているのか、簡単に開かない。今度は、力を入れて思いっきり外に押すと、同時に足元の土間に真っ白い塊が、〝ドサッ〟と入ってきた。雪だった。

「え！　なんで？」

僕は、びっくりしたというより、何が起きたのか理解できなかった。

そして、半分ほど開いた扉の隙間からそーっと首を出して、向こう側の景色を確認した。

家の周りの景色が、僕の目に入った瞬間、

「ウァー！　雪や！」

と、叫んでしまった。

家の周り、辺り一面、真っ白な雪に覆われている。外灯の明かりを透かして、まだ暗い空からは、少しだけ粉雪が落ちてきている。聞こえてくる音も、音という音はなく、ただ静まり返っている。まだ夜が明けていない時間だけれど暗さもなく、雪の白さで少しだけ明るく感じる。匂いも雪の香りなんだろうか？　何だか素敵な香りを感じる。

僕はすぐに、まだ寝ているお袋を叩き起こした。お袋に、

「雪が降っとる！　すごか雪が降っとる。早う来てん」

「なんね？　雪がどうしたとね？」

「良いけん。早う来てん」

「分かったけん。ものすご寒いけん、何か着ていかな風邪ひくばい」

僕は、三〇センチ物差しを持ってきて雪の深さを測ってみた。すごい。三〇センチ物差しが、スッポリと埋まった。

「ウァー！　すごかー！　何センチあるとか？」

親父が起きてきていた。僕の大騒ぎで、家族全員、叩き起こされた。

「三〇センチは、軽く超しとる。三五センチくらい。すごか。こんなこと初めてや」

と、僕が親父に返すと、

「父ちゃんたちが子供ん時、こんなこと、しょっちゅうやった。のぉー母ちゃん」

いつものように、父ちゃんは母ちゃんに同意を求めた。

「しょっちゅうは、なかったよ。たまに二〇センチくらい降ることはあっても、こげん、降らんかったよ」

これもいつもの会話で終わった。

「フミ、早う配達に行かんと、また、新聞屋のおいちゃんに怒られるよ」

「あっ!、もう六時過ぎとる。行ってきまーす」

「ハイ、行ってらっしゃい。滑らんとよ。気を付けなさいよ!」

と、言われて、急いで走り出して、家の前の道路に出た瞬間、

「あっ!　あ〜〜〜」

見事にすってんころりんと滑って、尻もちをついてしまった。前の道路は、朝から自動車が通って路面が固まっていて滑りやすくなっていた。

「ほらね。母ちゃんが、言った通りね」

「ハイ、ハイ。その通りでした」

「ハイは一回で良かと。早う行ってき」

「ハイ、ハッ、行ってきます!」

今度は滑らないように、用心して配達に向かった。

九州の片田舎で、一〇センチくらい積もれば、

「大雪が降った！」

と、大騒ぎするが、三〇センチを超す大雪なんて生まれて初めてだ。

長靴の中に雪が入らないように、Ｇパンの裾を長靴の上から被せて履いていると、まるで革靴でも履いているように見える。これも何だかカッコよく見えて、僕は気に入った。今日、学校に行く時も学生服のズボンをこのスタイルで履いて行こうと、心ひそかに決めた。

しかし、雪は行けども行けども、ずっと深く続いていて、足取りは進まない。いつもだったら一五分くらいで店まで到着するが、今日は三〇分以上かかってしまった。

店に着くと、まだみんなは配達に行っていない。ほとんどの仲間が、自転車とかバイクで配達しているので、この雪で出られないらしい。幸い、僕は歩いて配達しているので、一〇〇部ほどの新聞を肩から背負って配達に出て行った。

「行ってきまーす！」と、出て行くと、

「行ってらっしゃい。滑らんこと、気を付けてね」

と、お袋と同じ聞き覚えのある言葉が、店のおばちゃんから返ってきた。

「ハーイ、分かっとります！」

と、軽く返した。みんな、言うこと、考えることは、一緒なんやと、気持ち納得した。

店を出て最初のうちは、一〇〇部ほどの新聞の重さが、ずっしりと肩に食い込んで痛い。今日は、足元も雪の重さで前に進まない。配達を終えるまでにどれくらい時間がかかるか、不安になった。

空はそろそろ明るくなっても良さそうな時間。雲はどんより薄暗く、そして低く一面に漂っている。東の方に連なる山の尾根にかかった雲の少しの切れ間から、真っすぐな光の筋が落ちてきて、辺り一面の雪面の一箇所を照らしていた。寝静まっていた街中も、少しずつ、少しずつ、一軒一軒の窓に、橙色の電球の灯りがともってきた。そしてその灯りの向こうから、

「雪や！　雪や！」

と、叫ぶ子供の歓声が、静けさをかき消していた。台所の灯りの点いた家からは、美味しそうな味噌汁の香りが、僕の空いた腹を刺激した。雪で、なかなか足は進まない。しかし不思議と今日は、寒さを感じない。こんなに雪が降っているので足取りは悪いが、気付いたら体が火照って若干汗ばんでいる。いつもの冷たさによる指先の痛さも、どこかに忘れてしまった。

半分以上、配達を終えた時、火照った体を休めるために、積もった雪の中に体をドサッと仰向けに投げた。気持ちが良い！

渇いた喉に、雪を取って少しだけほおばった。美味しい！

仰いだ空は、まだ粉雪が舞っていても、明るさは増して、真っ白な空間が広がってきた。時計を見ると、既に七時は過ぎている。仕方ないけれど、いつもの倍以上時間がかかっている。いつもだったら、お嬢さんの旅館に着いて、

「おはようございます！」

と、挨拶を交わしている時間だ。仕方ないか。気を取り直して、配達を始めた。時間は八時近くになってきた。今日は、学校には遅刻する覚悟を決めた。残りあと五軒の配達となった。旅館に通じる広い道路にも、雪はずっと積もっていたが、この時間になると、道路の中央は車が通った後で、表面は固く氷のように光っている。僕は滑らないように、雪がまだ残っているところを歩いて行く。

旅館の前に着くと、旅館の方が数人、雪かきをしていた。僕が、朝刊とスポーツ新聞を半分に折って、郵便受けに入れようとした時、

「それ、私にください」

と、ピンクの可愛い手袋をした人が、突然、声をかけてきた。僕は、最初、差し出された手袋だけを見ていたので、それが誰だか分からなかった。しかし、その声は、まさしく旅館のお嬢さんだった。えんじ色の上下のジャージ姿で、頭には旅館の手拭いで頬かむり

をしていた。優しい声を聞いて、彼女と分かった。

「あっ！　ハイ。おっ、おはようございます！」

僕がびっくりして新聞を手渡すと、

「ありがとう。お疲れ様」

と、お嬢様は優しく返事をして新聞を受け取ってくれた。そして彼女は、

「あっ。ちょっと待ってね」

と、言って、奥に引っ込んでいった。すると、奥から出てきた彼女の手には、古新聞に包まれた、ふかされた温かそうな唐芋《とういも》があった。

「お疲れ様。寒いから持っていって。今朝、母さんが、ふかしてくれたの。まだホッカホッカよ。この唐芋は、柔らかくて、甘くて、私、大好き。三つしかないけど、食べてくださいね」

「ありがとうございます」

この時は、自然と素直に感謝の言葉が言えた。

なんということだ！

今日は、時間が時間だけに、絶対会えないと諦めていたのに、温かい唐芋まで頂いた。

この雪空に覆われた天は、僕にとてつもない幸運を与えてくれた。そんな大袈裟な感動

が、また僕を暖かくしてくれた。

僕は、残りの部数を配達し終えると、まだ誰にも踏まれていない、雪が積もった道を、温かな唐芋をほおばりながら、両足で思いっきり雪をかき分けながら家路を急いだ。

上着のジャンパーのポケットには、温かな唐芋が二つ残っている。

僕は、配達先の旅館のお嬢さんは、「安部さん」という、上の名前は知ってはいるが、下の名前は知らない。名前を知りたいちょっとした気持ちが、今日は、帰り路ずっと頭の中にあった。そして、言い表せない変な感情が、僕の体の中をさまよっていた。

既に九時を過ぎて、遅刻は確定している。足取りが大変重たいが、学校への道のりを急いだ。教室に入ったのは九時半を過ぎて、一時間目の授業が終わっても良い時間だった。

しかし教室の中は、生徒だけで先生はいない。僕は、席が横のクロちゃんに、

「オイ、クロ。先生はどうしたと？　まだ来とらんと？」

「そーたい。先生が、遅刻しとる！　雪で車も動かんし汽車も全然走ってないんで来られんらしか。だけん、自習しとけって教頭先生が言いにきよった」

「あー、良かった。俺も大雪で、配達できんで遅うなった。終わったら、飯も食わんで走ってきた。配達行った先の人からもらった、唐芋を喰いながらやけど」

唐芋を誰にもらった等は、言わないでいたら、

「そんなもん誰がくれるとね？　良かね！」

クロちゃんは、自分も欲しそうに話してきた。いつも僕が、お菓子とか、何か持っていたら、すぐ、

「それ半分くれ」

と言って、強引に持っていこうとする。悪い奴ではないので冗談と分かっていても、今回は、これ以上は面倒くさいので、僕は返事はしなかった。

自習時間だけれど、ほとんどみんな、好き勝手なことをしていた。教室の一番後ろの席に、男の子が五人ほど集まっていた。彼らは、本というより雑誌のようなものを見ながら、大きな声で笑いながら話していた。

僕は、その笑い声につられて彼らに近寄っていった。

「おー、フミ。良いもん見せてやる。ほら、これ、すごかろうが！」

彼らの中で一番背が低い、でも喧嘩が滅法強いキヨシが、持っていたカラーの雑誌を見せてくれた。それを見せられた僕は、一瞬、

「あっ！」

と、言って、あらゆるところが、硬直してしまった。

「これなー、俺の自衛隊に行っとる兄貴が、佐世保の米軍基地に行かされた時に、アメリ

カ人からもらったんや。正月に帰った時に見せてもらった。昨日の夜、こそっと兄貴の部屋に行ったら、何冊もあったけん、二冊持ってきた。お前、見たいなら今日貸しても良かよ」

キヨシは僕に説明をしてくれた。

その雑誌は、外人の女性が、際どい以上に、何も身に着けず、生まれたままの姿、つまり全裸でポーズを取った写真集だった。

僕は、若者向けの週刊誌で、女性のオッパイが丸見えの写真は時々見たことはあったが、下まで何も着けていない写真を見たことは初めてだ。

僕は、見たことに少し罪悪感を抱きながら、右ポケットに手を突っ込んで、硬直したものを抑えて、

「ごめん、俺は良いよ。今度、また、借りる」

「えー、良いとや。惜しいね。これ、持って帰ったら今晩、良いおかずになるとに」

と、キヨシは、僕に意味不明なことを言ってきた。すると、

「それ、俺に貸してくれ。今晩だけで良いけん」

またもやクロちゃんが、この話に乗ってきた。

「良かよ。今晩頑張りーよ」

今度は、キヨシが訳の分からない話をクロちゃんと交わした。すると、

「あんがと！　今晩、頑張るけん」

これもまた、訳の分からない返事を、クロちゃんは返した。

その頃には、既に僕は、普通の僕に戻っていた。

大雪のその日、ほとんどの先生は学校へは来られなくて、授業も午前中は自習で、午後からは休校となった。

帰り道、僕の頭の中には、午前中に見せられた雑誌に載っていた全裸の金髪女性が、時々現れた。罪悪感からか、思い出すまいとしても、しばらくするとすぐに現れる。その度に、僕は硬直した。仕方がないと思った。そんなことを考えながら、しばらく歩いていると、後方から、

「先輩、こんにちは！〝ジャンピングフラッシュ〟、聴いてますか？」

と、ずっと前に、下校時の橋の上で図々しく声をかけてきた後輩の女の子が、突然話しかけてきた。僕は、さっきまで、金髪の女性を頭の中に巡らしていたので、自然と右手をポケットに入れ、硬直したものを抑えて、

「あー、聴いとるよ」

と、何気ない返事を返した。

「良かった。先輩も聴いてて。私、時々、先輩も今聴いているんだろうか？　って、想って聴いていています。良かった」

僕は、彼女と話をしながらというか、話の内容があまり耳に入らず、聞き流していた。まだ、金髪の女性が、うろうろしていたのだ。すると、彼女が、

「先輩、私は、ここを右に行きます。では、ここでサヨナラします。じゃーね！」

と、言ったと思ったら、サッと角を右に曲がり駆けて行った。彼女が曲がった右側の道の先は、製薬会社の社宅がある方向だ。もしかしたらその社宅に住んでいる女の子かなと思った。しかし、頭の中は、まだまだ金髪女性が、うろうろしている。

帰宅して夕飯を済ませた。今日は、サバのヌカ味噌炊き。僕は、これも大好きだ。漬け物のぬか味噌で、サバとかイワシとかを甘く炊いていて、魚も美味しいけど、残った味噌をご飯にかけて最後に食べる。牛すじ煮込みカレーと、ヌカ味噌炊きは数少ないお袋の味。自慢しても良い。このおかずだけで、五杯もご飯を平らげた。

食事を済ませ自分の部屋で、いつものように畳に仰向けになって、今日あったことを思い返していた。

「おかず」ということを考えていたら、今日学校で、キヨシが、

「良い、おかずになるぜ！」

と、言っていたことを思い出した。

「良い、おかず?」

て、なんやろ? 僕には意味不明。そんなことを考えていたら、また、例の金髪の女性が現れた。と、同時に僕の体が、なぜか少し熱くなって、ある部分が、また、硬直し出した。

(困ったもんだと)と、仕方なく思った時、

「フミ! 早く、風呂に入りなさい!」

お袋のいつもの大声が聞こえてきた。寒いのと今朝の大雪の中の配達で体全体がヘトヘトなので、風呂に入って体を温めることにした。

今日は、朝から雪が降って一日中とても寒かったので、親父が、早くから自分で風呂を沸かして既に済ませていた。兄貴は、まだ高校から帰っていなかったので、僕は、先に入らせてもらうことにした。

今日は、大雪の寒さに合わせて、ズボン下も穿いて、シャツも長袖と半袖を重ね着していた。脱ぐのに時間がかかる。脱ぎ終わると今度は、真っ裸ではとても寒くて、早く湯船につかりたい。僕は、急いで湯船に足を浸けた。

五右衛門風呂の底板を、ひっくり返らないように、そーっと踏んで、冷えた体を肩まで

沈めた。体全体が心底冷えていたので、お湯がジンジン熱く感じる。我慢、我慢。慣れるまでと思って、数を数え始めた。

「一、二、三、四、五、六、七、……」

子供の頃から、お袋や、親父と一緒に風呂に入ると、必ず一〇〇まで数えないと風呂から上がれなかった。その習慣が、中学生の今まで残っていて、つい口から数が出てくる。

しかし、今度は五〇くらいまで数えたら、冷えていた体もお湯に慣れて、お湯が少しぬるく感じてきた。僕は、

「母ちゃん！　ぬるい！　薪、くべて！」

と、大声で叫んだ。すると、

「分かった、分かった！　すぐくべるけん、ちょっと我慢しなさい！」

お袋の大声が、すかさず返ってきた。

「すんません。お願いしゃーす！」

また、「一、二、三……」と、数を数え直してたら、じわじわと鉄の底が、暖かいというより熱くなってきた。お湯を手でかき混ぜても一〇〇まで数えないうちに、今度は、我慢できないくらい熱くなってきた。僕は、すぐに湯船から上がった。

シャンプーを済ませタオルに石鹸を付けて背中から洗い始める。両腕から胸、背中そし

て腹までゴシゴシ洗った後に、一度タオルをお湯で濯いで、新しく石鹸を付け直す。そして新しく石鹸を付け直したタオルで、まず先に、オチンチンを洗い始めた。やおらオチンチンに手が伸びた時、またあの金髪の女性が、僕の頭の中に現れた。

最近、僕の体はだいぶ大人に近づいてきて、オチンチンの周りの毛も長くなって、多く揃ってきた。色は髪の毛と同じ黒だ。

しかし、今日見た金髪の女性のあの周りの毛の色は、髪の毛と同じ金色だった。

僕は、また、興奮し出した。どうしようもない。仕方ないので、あとは簡単に洗って、全身の石鹸を洗い流し、上がり湯にも浸からず風呂を上がることにした。

体力的にも、そしてなぜか精神的にも疲れているので、今日は、このまま暖かいうちに休むことにした。お袋に、

「今日は、疲れとるけん、もう寝るよ。体もきついけど、なんか頭ん中もおかしか」

「そうしなさい。明日もまだ雪が残っとるし、配達も時間がかかると思うよ。寝坊せんこと、早う寝なさい」

「うん、じゃー、お休みなさい」

「ハイ、ハイ、お休みなさい」

と、お袋が言ったので、僕は、生意気に、

「ハイは、一回で良いとよ！」

と、返すと、

「ハイ、ハイ、」

と、お袋も生意気に返してきた。

僕は、トイレに行って用を足してから、すぐに、眠りについた。

時間は、まだ九時を過ぎたくらい。いつもだったら、ラジオを聴きながらリクエストカードを書いたり宿題をしたりする時間だけれど、今日はそれどころではなく、布団をかぶると、瞬く間に深い眠りに引き込まれた。


山の向こうまで低く漂った薄暗い鼠色の天上から、深々《しんしん》と粉雪は、降り続いている。

僕は、ひとしきりの寒さの中、いつも通る小川の横の道を、腰まで深く積もった雪をかき分けて、少しずつでも前へ進もうとしていた。

降ってくる雪の多さで、視界が悪い。そして足元の雪の多さで、どこまでが道幅なのか分からない。足元を見失えば、すぐ横の小川に落ちてしまうかもしれない。

（なんということか！）

すると先の方から誰かの声が聞こえる。聞き覚えのある女性の声だった。

「こっちよー、早く来て！」

視界の悪い中、目を凝らして向こうの方を見た。そこには、えんじ色のジャージ姿で頭に頬かむりをした旅館のお嬢さんが、手を振って立っていた。両手にはピンク色の手袋をしている。僕は、一瞬、まさかと思ったが、お嬢さんは、また、大きく手を振りながら、

「こっち、こっち！　早く、は〜や〜く、来てよ！」

と、僕に向かって叫んでいる。

僕は、大きく手を振る彼女の方向へ行けば、道が続いているんだと確信して、また、大きく歩き出した。一歩、一歩、雪の中を腰から上に足を上げて進んだ。しかしなかなか近づかない。

一生懸命、歩いているつもりでも、その距離は、縮まらない。すると、

「何しているの？　こっちに来られないの？」

お嬢さんは、また、叫んできた。

僕は、

「ちょっと、待ってください！　すぐ行きますから！」

と、大声で返そうとしたが、寒さで上手く返事ができない。心の中で、

（ちくしょう！　ちくしょう！）

と、呟きながら前へ進んだ。するとその距離は、だんだん、だんだんと縮まっていった。

「早く、は〜や〜く！」

あと、四、五メートルのところまで近づいてきた時に、また、彼女の声が聞こえてきた。

「早く！　は〜や〜く！」

（ちくしょう！　あと少し、あと一歩、ちくしょう！）

呟き続けた。そして、とうとう、彼女のすぐ手前まで近づいた。すぐそこまで近づいた時に、降りしきる雪の中、ピンクの手袋をした両手が、僕の方へ差し出された。

「すみません。やっと着きました。ありがとうございます」

と、僕が、差し出された両手を掴んでお礼を言おうとすると、不意に彼女は、僕の両手を取って、僕の体を強く引き寄せた。

僕は、この突然の彼女の行動になんとも言えない鋭い嬉しさが、体中を走った。そして、今までに覚えたことのない幸福感と、温かい彼女の体温を感じていた。

僕は、（ハッ！）とした。

そして目が覚めた。それは、夢だった。

なんという幸福感。これが、本当のことだったらなんて幸せだろうかと思った。夢でも良いから何度でも見てみたい、そんな感情にもかられた。

そして、それとは別に、僕は、体の中心部の少し下あたりに、何か違和感があった。何か分からず、何だろうと思いそっと手を伸ばしてみると、パンツの前のあたりが少し濡れている。オシッコをしたのだろうか、そんなに多くは濡れていないけれど、確かに少し濡れていた。そして、触って分かったことだけれど、なぜか、ねばねばしている。

僕は、このことが、何が何だか分からず、とにかくパンツを穿き替えようと思った。まだ時間は午前三時過ぎぐらい。風呂場の前の洗濯機に濡れたままのパンツを突っ込んで、新しいパンツに穿き替えた。ヒヤッとしたが、気持ちは良かった。まだ寝ておかないと寝不足になると思い、再び布団にもぐりこんだ。

でも、今度は眠れない。なんでパンツが濡れていたのか？　パンツが濡れていたねばねば液は、なんだったのか？　お嬢さんの夢と何か関係あるのか？

そして、また、頭の中を、金髪の女性たちがうろうろしてきた。しばらくは、眠れなくて悶々とした。悶々としながらも、疲れているのか、僕の瞼は眠たさに負けて、また閉じてしまった。もう一度夢の続きを見られたらと思ったが、そんなに甘くはない。五時半に目は覚めた。

雪は少し降っていたが、積もってはいない。雪の表面は、一夜の寒さでずいぶん硬くなっている。その上を歩いても、足が埋もれるほど深くはなく、昨夜の夢のように腰まで深く積もってはいなかった。それでも配達は、道路が凍っていて滑るので、用心して歩いて行った。時間は昨日と同じくらいかかった。旅館の前に着いた時は、今日も八時を過ぎていた。

今日、お嬢さんは、いつもの時間通りに学校に行ったのだろう。姿は見えない。でも僕は、昨晩、夢の中で彼女に会えたから十分だった。そして、無事、新聞配達を終えた。

学校は、また遅刻。九時過ぎに教室に入れた。しかし、今日も朝から自習。田舎なので先生たちも大雪のせいで、学校に出勤するのが大変で、時間がかかっているらしい。車は渋滞で動かないし、国鉄もかなり遅れている。

でも僕らはその方が、自習でとても嬉しい。突然、横の席のクロちゃんが、僕に、

「オイ、昨日借りた本、良かったぜ！　たまらんかった」

と、キヨシに借りた本のことを切り出した。

僕は、少し興味はあったが、罪悪感で、

「あれ、先生にばれたら、大変やない？　往復ビンタじゃ済まんよ」

と、言うと彼は、

「大丈夫、大丈夫、先生も喜ぶよ」

また、訳の分からないことを言い出した。そして、クロちゃんが、

「オイ、フミ。ちょっと聞いても良い？」

「何？」

「お前、まじめすぎるけん質問するけど、俺が、キヨシからあの本なんで借りたか、分かっとると？」

「プレーボーイとか、平凡パンチに、あんな全部が裸の女の写真が、載ってないけん、借りたんやろ？」

と、答えるとクロちゃんは、教室の後ろの方を振り返って、教室全員に聞こえるような大声で、

「キヨシ！　こいつ駄目。な～んも知らん。まだ赤ちゃん」

その声に教室の全員が、僕たちの方を向いてきた。クロちゃんは、続けて、

「キヨシ、お前、フミにいろいろ教えてやって」

と、また、大声でキヨシに投げかけた。すると、今度は、キヨシが、負けないくらいの大きな声で、

「フミ、こっち来い。俺が、勉強、いろいろ教えてやるけん」

と、喧嘩は強いが、勉強は全然ダメな奴が、僕を誘った。

「良か。後で良いよ」

と、答えると、

「良いけん。今なら先生おらんし、俺が先生になって、いろんなことをゆっくり教えてやれる。早う来んしゃい」

キヨシは、又教室中に聞こえる大声で誘うと言うより命令する様に、言ってきた。僕は、キヨシと揉めると面倒なことと、正直ちょっと興味があったので、彼の席の方へ歩いて行った。そうすると、来なくても良い、クロちゃんまでもついてきた。そして、僕の性教育が、キヨシ先生で始まった。

僕は、彼から、様々な知識を教わった。保健の授業で習わない、女の子の月に一回のことや、男の自慰のことや、はたまた避妊のことまで、彼は、事細かく教えてくれた。その中で僕にとって、タイミングが良かったのは、昨日、自分の身にあった、睡眠中に夢の中で起きたことが夢精で、何も問題なく、言ってみれば、僕も、男の仲間入りをしたんだと理解した。

しかし彼には、昨夜のことは話さなかった。話したら、学校中に僕のことが知れ渡ったかもしれない。最後にクロちゃんが一言、

「フミ、やっとお前も大人になったね」

と、昨夜のことを知っているかの如く、僕に言ってきたのには、驚いた。

三月、先輩たちが旅立っていった卒業式も終え、もう、すぐそこに春は来ている。しかし春とは名ばかりで、朝夕の冷え込みは厳しい。桜の蕾が開くには、まだ数日掛かりそうだ。

僕は、日課の新聞配達で、一つだけ気になっていることがある。残り数日で四月、新しい学年を迎えるこの頃、彼女、そう旅館のお嬢さんと、ここ二週間ほど出会えていない。春休みに入り自宅にいらっしゃるはずだが、本当に全く姿を見ていない。なぜかあの夢を見て以来、彼女のことを考えると僕の心の中が、熱くなったり、また、逆に沈み込んだりしてしまう。ずっと彼女のことが、気になって仕方ないようになっている。

テレビを観ていても、友達と会って話をしていても、ついついぼ～っとしてしまって、周りの者から「何考えとると?」と、注意されることがある。時々、これが初恋なのかなと、自分で思ったりしている。

とうとう、四月を迎えた。桜は、今か今かと、花びらを開こうとしている。吹く風も少し暖かくなって、どこからともなく新しい香りが漂っている。

僕は、新学期には、中学生最後の年、三年生になる。部活は夏休みの八月まで、そして高校の受験勉強もスタートする。

新聞配達は、毎日の部活の練習がきついことと、受験勉強も少しずつ始めたいため、あとひと月、四月いっぱいの今月で卒業することにした。約三年間してきたので、辞めるのは少し寂しい。仕方ないかなと思っていた。しかしそれとは別に、まだ三月の中頃から三週間以上、お嬢さんに会っていない。何かあったのかなと少し心配になってそのことを考えると、ずっと彼女の顔が、頭の中を駆け巡っている。

やはり、片思いの初恋なのかな？

四月、中学校の入学式の朝、最上級生になるこの日、僕は、遅刻はできないと考え、少し早く起きて新聞配達に向かった。もう既に桜は散って、少しずつ新緑が揃う頃になっている。

残すところ、あと三週間で、この新聞配達も卒業する。いろいろなことを思い出す。新聞配達をしていると、配りながら新聞に目を通すことができるので、この三年間であったことを少しずつ思い出す。

ベトナム戦争、川端康成のノーベル賞受賞、三億円事件、初の心臓移植手術、メキシコオリンピック、イラン・イラク戦争等、数え上げれば切りがない。

毎日、新聞を配達しながらニュースのチェックができて良かった。大人の話についていけるようになった。

そしてそれとは別に、キヨシとかクロちゃんは、僕に、大人になる体の知識を教えてくれた。それも良かったなと思った。

今日の配達も最後の数軒を迎えた。七時前に、お嬢さんの旅館の手前まで来た。その時、一台のタクシーが旅館の前に止まった。すると旅館の中から、お嬢さんが、大きなバッグを抱えて出てきた。出掛けるらしい。お母さんらしき人が、彼女に、

「頑張ってきなさいよ。あまり遊んじゃ駄目よ。勉強に行くんやけん。何かあったらすぐに電話しなさい」

「分かった、分かった。子供やないけん。大丈夫」

と言って、荷物を車のトランクに詰め込んで、サッと後部座席に乗り込んだ。その瞬間、僕と目が合った。彼女は、僕を見つけると、やおら車を降りて僕のところまで駆け寄ってきた。僕は、驚いて、

「おはようございます」

いつもの朝の挨拶をした。彼女は、私に、

「お元気でしたか?」

「えー、元気でした、僕は。ずっとお会いできなかったので、お嬢様がどうかされたのではないかと、心配していました。何かあったんですか?」

「あのー、お嬢様はやめて。私、お嬢様ではないので。今から大学に行くの。広島。高校の卒業式が終わって、友達と旅行したり、広島の下宿を探したりいろいろしていたので、長いこと、家には、いなかったの。でも今日から広島暮らし。良いでしょ」

「広島ですか？　良いですね」

と、僕は、言葉を返したが、本当は、彼女が、この町を離れていくことを知って、後ろからバットのような物で殴られたくらい心の中にショックを感じた。

「夏休みには、帰ってくるから。その時、また、顔を見せてね」

「えー、でも、今月で配達を辞めます。なので、朝お会いできるのは、今日が、最後になると思います」

「えっ、辞めるの？」

「えー、受験勉強しないといけんので、辞めます。仕方ありません」

神妙に答えた。

「頑張ってね。いつも貴方を見ていたら、私、元気づけられた。毎日、毎日、雨が激しい時も寒くて大雪の時も本当に感心していたよ。小学生の時から頑張りよったろ」

「ありがとうございます。広島に行っても頑張ってください」

僕は、寂しい気持ちとは裏腹に、語気を強めて言葉を返した。

「ますみ！　早く乗りなさい。遅れるよ！」

お母さんの声で彼女は、振り返って、

「分かった！　すぐ行く！」

と、言って、

「あの、私からも本当にありがとう。また、もし今度どこかで会ったら、知らん顔せんとってね。私のこと、覚えとってね。それじゃあ、またね」

彼女は、タクシーに乗りながら僕に別れの挨拶をしてくれた。

タクシーが滑り出すと、彼女は、僕に小さく会釈をしてくれた。僕は心の寂しさを抑えて、彼女に軽く手を振った。

お母さんが呼んでいるのを聞いて、彼女の名前が、「ますみさん」と、分かった。

僕の、ますみさんへの初恋は、ここで終わってしまった。

「ピーッ！
ダッシュ一〇本！
終わったら、一対一でパス回し
インサイドから、インステップキック

トラップを確実にすること！

分かったな！」

「ハイ！」

「さー始め！　ピーッ！」

顧問の橋本先生のホイッスルで、部活の練習は、始まった。

部活のサッカーは、前年のメキシコオリンピックでの釜本や杉山の活躍で、日本が銅メダルを取った影響で人気があって、一年生の新入部員が一挙に三〇名ほど入部してきた。今の部員数が三年生、二年生と合わせて二〇名ほどで、一気に五〇名ほどに膨らんだ。

人数が多いことは、悪いことではないけれど、あまりに人数が多いと練習するボールの数が足りない。一対一のパス回し等の練習が、全員でできない。先生は、僕ら三年生を中心にボールを使用する練習をさせていたが、ボールに触れない一年生が、日に日に練習に来なくなった。そして、僕ら三年生最後の地区大会が、あとひと月余りに迫ってきた七月の初め、一年生は、とうとう一〇名ほどになった。

サッカー部員、約三〇名。練習をするにも、紅白試合をするにも、ちょうど良い人数に絞られた。地区大会まで、あとひと月。真夏の蒸しかえる土のグランドの上で、太陽が沈むまで、僕らはボールを追いかけた。サッカー部のグランドのすぐ横には、バレーボールのコートが二面ある。そこは、女子バレーボール部の専用コートで、彼女たちも毎日放課後練習に明け暮れていた。顧問の橋本先生が、サッカー部と女子バレーボール部を兼任されていて、先生にとっては、ちょうど良かったのかもしれない。しかし先生は、僕らサッカー部の指導にはたまにしか来られない。ほとんどが、女子バレーボール部の指導に行かれていた。僕らは、

「先生も、やっぱ女の子の方が良いたいね」

と、皮肉の愚痴をこぼしていた。

土曜日の放課後、今日は大会前の他校との練習試合。梅雨の中休みなのか天気は快晴で雲一つない。夏の暑さが、容赦ない。気温は、午後一時の時点で三三度を超えている。試合前、一年生が、相手校が来るまでグランドにホースで水をまき始めた。すると、グランドの表面から水蒸気が上がり、陽炎《かげろう》のようなものが見える。

「オイ、これで試合すると？　死ぬばい！」

「死ぬ！　死ぬ！」

三年生が、誰からともなくグズグズ言い出した。僕も深夜放送で覚えた、

「死んでくれるな、おっかさん！　みんな暑くて泣いている」

と、大学紛争で流行っていた言葉を捩《もじ》って、一言呟いた。しかし、これには、誰も反応

してくれない。それを聞いて、僕らの傍にいた、女子バレーボール部のユニホームを着た女の子たちの中の一人が、

「ウワー、先輩たち、もう負け宣言！　試合する前から負け宣言！　残念！」

大きな声で、僕らに話しかけてきた。

僕は、まともに言われたことが、癪に障って、彼女たちに言い返してやろうと思い、言ってきた女の子たちの方へ近づいて行った。

すると僕は、その中の一人の女の子を見た瞬間、びっくりした。

また、あの子だ！

後輩のくせに何かあると、いつも図々しく僕の話に入ってくる。ただ、僕は、またこの子かと思ったら言いたいことも忘れてしまった。

「またか！」

それ以上彼女たちに言葉は返さなかった。返す気持ちもなくなった。すると、

「先輩！　腕白でもいい。たくましく育ってください！　試合、頑張ってくださいね！」

と、今度は、どこかのコマーシャルを使って、変に励ましてきた。本当に変わった女の子だ。しかし、その時、なぜか僕の頭の片隅に彼女のユニホーム姿が残ってしまった。

猛暑の中、練習試合は行われた。試合時間は、三〇分ハーフで二試合。暑さのため、選

手の交代はフリー。橋本先生は全員が出場できるように、メンバーをレギュラーと他の選手と半々で組まれた。

午後二時、一試合目のホイッスルが吹かれた。やはり暑さは、半端ではない。喉がカラカラになる。

通常の練習中、野球部とかテニス部等は、水を飲むことは禁止されていた。練習中水を飲むと体が冷えて、せっかく鍛えられた筋肉が硬く収縮してしまうと教えられた。しかしサッカー部とバレーボール部顧問の橋本先生は、休憩中は、水は飲んでも良いが飲み過ぎないように指導された。

試合中は飲めない。今日のような炎天下の試合は、喉が渇いて仕方がない。しまいには、腕に噴き出す汗をなめて、少しでも喉を潤わせたいような気持ちにもなる。喉も渇くが、グランドの上を、ゆらゆらと揺らぐ陽炎《かげろう》で、頭もクラクラしてくる。また、あの女の子に言われるかもしれないが、今日は、負けても良いので早く試合が終わって欲しかった。結局、試合結果は、一試合目が三対二の勝ち、二試合目が一対二の負け。良くも悪くもない試合結果だった。

本番まであと二週間。練習試合が終わって、先生は全員にコーラを奢ってくれた。それも大きいホームサイズを一人一本ずつ。僕たちの喉の渇きを潤すには、それでも足りなかったが、みんなは本番に向けてやってやるぞと、気持ちがまとまってきたような気がする。

試合前にあの女の子から、励ましのような侮辱のようなことを言われたことは、暑さで試合が終わっていつの間にかすっかり忘れていた。

まもなく梅雨明け宣言が、発表されそうな七月の終わり。

講堂で終業式を終え、教室に戻ると、一学期最後のホームルームが始まった。

教壇に立たれている担任の先生は、背が少し低く、痩せていて目がぎょろっと大きく、顔の顎がボコッと出て、頬が少し凹んでて、理科準備室の人体模型と似ていたので、僕らは先生に「ガイコツ」とあだ名をつけて陰で呼んでいた。担任の担当科目は理科だった。

ガイコツ先生は、一人一人に一学期の通知表を配り始めた。いつもあまり成績を気にしていなかったので、渡されてもそのまま、雑のうのカバンにしまい込むのが普通だったが、今日は、少し違った。横の席のクロちゃんが、急に、

「フミ、通知表の実技四教科の点数を合計して、帰りにたこ焼きを賭けようか？」

と、誘ってきた。彼は、主要五教科（数学、国語、理科、社会、英語）は、あまり得意ではない。しかし、実技四教科（体育、音楽、技術家庭、美術）のうち、体育と技術家庭

はクラスの中でも上の方で、たぶん僕よりも良くて「五」はもらっているかもしれない。

特に体育は、陸上部で短距離、中距離が速く、県大会でも上位に入ることもある。音楽、美術は僕の方が成績が良いと思う。

「良かよ。でも、同点やったら引き分けになると？」

「引き分けでも良かけど、面白ないけん、同点やったら、じゃんけんで決めよう」

「ヨシ！　それで行こうか」

そして僕たちは、

「一、二〜の〜〜が三！」


で、通知表を開けた。

僕は、体育四　音楽四　技術家庭四、美術四のオール四の合計一六点。

クロちゃんは、体育五　音楽三　技術家庭四、美術四で、合計が僕と同点数の一六点だった。

「ヨシ！　じゃんけんするばい」

クロちゃんは、そう言うと間髪入れずに、

「最初は、グー、じゃんけんポン」

と、瞬時の掛け声で、僕をじゃんけんに引き込んだ。僕は、こんな時はすぐにパーを出す癖を、彼は、知っていたと思う。案の定、彼は、チョキで僕を負かした。クロちゃんの駆け引きにまんまとはめられた。

「キン、コン、カンコン、キン、……」

夕方五時の終了チャイムが鳴る。

部活を終え、着替えを済ませてクロちゃんの待つ校門に急ぐことにした。待たせたら、彼は、何かとうるさく言うので、ユニホームやシューズは、ナップザックの中にとりあえず詰め込んで下駄箱の方へ走った。下駄箱の前の廊下は滑りやすく、少し手前からスケートを滑るように走って行ってタイミングよく足を止めれば、そのままの姿勢でス～～と滑って、下駄箱の前で止まってくれる。

いつものように、今日もそのやり方で滑ったつもりが、右手に持っていたナップザックの紐が足に絡まって、手前二メートルくらいのところでズッこけた。体勢は紐が足に引っかかったため、前のめりになり頭から廊下の床に、

「わぁ～～！」

と、叫んでドサッと突っ込んだ。僕の頭は、床すれすれで止まった。

「先輩！　大丈夫ですか？」

その場で、僕の醜態を見ていた女の子が声をかけてきた。少し恥ずかしかったが、何もなかったように振る舞おうと思い、少し顔を上げて、

「だいじょうぶ！」

と、言葉を返した。

その時、僕は、また驚いた。そこには、何かあるといつも現れるあの後輩の女の子が、立っている。本当に、タイミング悪く立っている。今日は、バレーボールのユニホーム姿ではなく、上着が白の夏のセーラー服姿だ。僕は、少し慌てて、

「だ、大丈夫。ごめん、友達が待っとるけん、そこ、退いて」

と言って、下駄箱から靴を取ることを説明した。すると彼女は、僕の下足箱を開けて中から靴を取ってくれた。彼女は、僕に靴を渡しながら、

「地区大会、明後日ですね。私は、バレーボールの練習があるので応援に行けませんが、頑張ってください」

と、励ましてくれた。僕は、冷たくでもないけれど儀礼的に、

「ありがとう」

と、言って言葉を返した。

その時、手渡された僕の白い靴の中に、黄色のカードが入れられていたのを見つけたの

で、彼女に声をかけようとしたが、もう既に、二〇メートルくらい先の方まで走っていた。

僕も、クロちゃんが、校門で待っていることを思い出し、駆け足で彼のところへ急いだ。靴の中にあった黄色いカードは、雑のうのカバンの中に大事に仕舞った。

「おーい！　フミ！　遅かー！」

クロちゃんの遠吠えが聞こえてくる。

「ごめん、ごめん。急ぎすぎて下駄箱の前で転んだ。頭、怪我してないや？」

「怪我とかしとらん。そんなのどうでも良いけん、早う、たこ焼き喰いに行こう！」

「分かったけん。せかさんで」

僕とクロちゃんは、八個で二〇〇円のたこ焼き屋を目指して、少し速い足取りで進んで行った。僕は、カバンの中の黄色いカードのことが気になって、クロちゃんのたこ焼きは、サッササと終わらせて、早く自宅に帰ってカードの中身を確認したかった。

「おばちゃん、こんにちは！」

「いらっしゃい！　今日は、二人？」

「そう、僕とフミだけ。二人。おばちゃん、喉カラカラやけん氷ください！」

たこ焼き屋に着いた僕たちは、腹が減っている以上に、喉がカラカラだった。二人は、店の入り口に揺れていた氷の旗を同時に見つけて、すぐに目を合わせた。そして店の中の丸い小さな椅子に腰かけると同時に、蜜かけのかき氷をおばちゃんに注文した。僕が、白のかき氷で、彼が、オレンジのかき氷にした。

「はい、氷。白はどっち？　オレンジは？」

おばちゃんが、アルミのお盆に二つのかき氷を運んできてくれた。クロちゃんは、

「オレンジが、僕」

と、言いながら、おばちゃんに四〇円を渡した。僕は、

「ごめん。氷代二〇円、あとで返すけん」

クロちゃんに言うと、

「良いと、良いと。これ、俺の奢り」

彼は返してきた。珍しく奢ってくれているので、

「あんがと！　頂きます」

と、彼にお礼を言った。

「オイ、フミ、たこ焼きいくつ食べると？」

「俺、一箱で良か」

「分かった。おばちゃん、たこ焼き三つ焼いて」

「三箱ね？」

「そう三箱。僕が二つで、フミが一つ」

「了解！」

「フミ、たこ焼き代は最初の約束通り、お前が奢って」

「良かよ」

「やったー！　お前、やっぱ良い奴やね」

彼は、ありがたがって僕を褒めてきた。しばらくして紙の箱に入れられたたこ焼きが、三箱出てきた。この店のたこ焼きは、タコは小さいけれど、中までフワフワで美味しい。そして僕たちの小遣いでちょうど買える安い値段。部活の帰りにみんなで寄ってガヤガヤ喋りながら食べるのが楽しみだ。たこ焼きもかき氷も食べ終わる頃、クロちゃんが僕に、

「フミ。お前、帰るころ、学校の下駄箱のところに、女の子がおらんかった？　なんかキョロキョロしながら、その子、下駄箱を開けよった。見らんかった？」

と言って、かき氷とたこ焼きで、僕が、すっかり忘れていたことを思い出させてくれた。

「いや。俺が、帰る時、下駄箱のところには誰もおらんかったよ」

と、僕はごまかした。

「なら、良いけど。おばちゃん帰るよ。いくら？　フミ、ご馳走様」

「さっき氷代は、もらったけん、たこ焼き代六〇万円頂きます」

「ハイ、六〇万円。ご馳走様でした」

と、僕は、おばちゃんに六〇円を渡した。

店を出て、クロちゃんに女の子のことを聞かれたのが気になって、早く家に帰って、カバンに仕舞っているカードを見たいと思った。

しかし、そう思いながら、今日たこ焼き屋では、クロちゃんに奢ってもらったのか、僕が奢ったのか、どっちだったのだろうと考え出したら、ごちゃごちゃして分からなくなった。もう、どちらでも良いかと開き直って家路を急いだ。

いつものように、自宅の手前の角を曲がったところで、今日の夕食の匂いがしてきた。今日の匂いは、少し香ばしい揚げ物の匂い。僕は、すぐにピンときた。やったと思い、小走りで家の裏口の戸を開けた。

「ただいま！　母ちゃん、今日の夕飯は、かしわの唐揚げやろ」

「当たり！　よく分かったね？　また匂いで分かったちゃろ。すぐに食べられるけん、早く着替えてきなさい」

「了解！　着替えたらすぐ下りてくるよ。俺、唐揚げ一〇個予約」

「そげん食べよったら、腹壊すよ。明後日サッカー、試合やろ。少し減らしなさい」

「あー、そうやった。それなら、九個で良いよ」

「もう！　どうでも良か。本当に腹壊したら知らんけんね」

心配してくれるお袋にはありがたかったけれど、鶏の唐揚げには、僕の食欲の方が勝ってしまう。中津とか、宇佐には、鶏の唐揚げの店が何件かある。僕の街の商店街にも二、三軒、唐揚げ屋がある。でも、お袋のニンニク醤油とか、いろいろな他の漬けだれを全くつけない、塩と黒コショウだけで味付けした唐揚げが、一番美味い。一〇個くらい、すぐ平らげてしまう。今日は、九個で我慢。

自分の部屋に戻って、着替えはあとにして、カバンの中の黄色いカードを取り出した。カードは、ハガキの半分くらいの大きさで、片面にヒマワリのイラストが描かれてあった。カードの裏面には、手書きの可愛い文字が書かれている。

文雄先輩
お誕生日おめでとうございます！
明後日、地区大会
頑張ってください。
応援しています。
はらだみつこ

（うん？　はらだみつこ？）

どこかで聞いた名前。僕は、すぐには思い出せない。それよりも、僕の誕生日を知っているのが不思議だ。

明後日七月二三日が僕の誕生日。二三日の語呂合わせで、「ふみ」で「文雄」と祖父が、付けてくれたと両親から教えられていた。それはともかくとして、このカードをくれた後輩の女の子が、どうして僕の誕生日を知っているのか分からない。誰かに聞いたのかもしれないけれど、それが誰かも分からない。

僕は、狐につままれたような気持ちになりながら、お気に入りの絞り染めのTシャツとジーパンに着替えた。

「フミ〜！　早う、下りて来んね！　熱いうちが、美味しいよ！」

「分かった！　すぐ下りる！」

僕は、お袋の叫び声で、頭の中は鶏の唐揚げモードに変わって、ドタドタと一目散に食堂に下りていった。既に食卓には、父も唐揚げをあてにビールを飲んでいる。兄は、まだ帰っていないが、弟、妹も食事を始めている。

やおら山盛りの唐揚げから、五個を皿にとって食べ始めた。美味い。一個ペロッと食べた合間に、これも山盛りのキャベツ、レタス、ワカメのサラダを取って、マヨネーズをたっぷりつけて口に入れた。最高、旨い！　すると向かいに座っていた弟、圭太が、唐揚げをほおばりながら、

「兄ちゃん、原田みつ子から、なんかもらったろ？」

「えっ！　なんでそんなこと、お前が知っとーと？」

「あいつと同じクラスちゃ。原田、兄ちゃんのこと、しつこく聞くけんいろいろ教えてやった」

「だけんか。俺の誕生日を知っとった。今日、カードをくれたったい」

「なんか知らんけど、原田、兄ちゃんのこと好きみたい。クラスで女の子たち、よって集ってそんな話ばかりしちょるよ」

「えー、圭太、その話ほんと？　それってお兄ちゃんの初恋やない」

と、弟が、しなくても良い話をしだしたので、お袋まで話に入ってきた。

「オッ！　なんと！　フミに、女ができたか」

少し酒の入った親父も僕をからかった。

「圭太、お前、いらんこと言うな！　父ちゃんまで、せからしか！」

「お兄ちゃん、その子、可愛いと？」

小学生の妹、メグミもませたことを言い出した。僕は、話をするのが面倒くさくなって、皿に残りの唐揚げを取って、

「もう、みんな、せからしかけん、俺は、部屋に戻る。圭太、お前、これ以上変な話をするな！　分かったな！」

僕は、そこまで怒ってはいないけれど、みんなから言われるのが嫌で、唐揚げの皿を持って部屋に戻った。

それと、お袋から、

「それって、初恋？」

と、言われたことには、心の中で（ますみさん）を思い出して、これは初恋ではないと、言い返したかった。また、ふと、ますみさんに会いたいな、とも思った。

部屋に戻った僕は、気晴らしにラジオを聴きながら、リクエストカードを書き始めた。

リクエスト

クリフ・リチャード

「コングラチュレーションズ」

やったー、一五歳だ！

ハガキの周りには、流行りのピースマークのイラストを描いた。

カードを一枚書き終わる頃、お袋が、海苔を巻いたおにぎりを三個、皿に載せて部屋に入ってきた。

「そげん、怒ったらいかんよ。ハイおにぎり。明後日、試合やから今日は、風呂入ってすぐ寝なさい」

「怒ってはおらん。圭太が、せからしいのと、親父が、何を言い出すか分からんけん上がってきた。おにぎり、すんません」

と、申し訳なく答えると、

「そんなら良いけど、今度その子、原田さんを紹介して」

結局、お袋も僕の恋愛話に興味があるようで、機嫌をうかがいに来たようだ。

「分かった、分かった。すぐ、風呂に入るけん、下に行って」

「ハーイ、ハイ」

と、言って、お袋は下りて行った。残った唐揚げとおにぎりを食べながら、少しだけ、原田みつ子のバレーボールのユニホーム姿を思い出した。本当に変わった女の子だけれど、先ほど書いたリクエストカードが読まれたら聞いてくれるかな？　等、頭の中で思い巡ら

した。そして、カードの終わりの方に、

「原田さん、ありがとう！」

と、小さく書き足した。なぜか、僕の胸はどきどきしてきた。

「ワ〜シ！　ワ〜シ！　ワ〜シ！　ワーシ！」

朝早くから降りしきる蝉の声に促され、僕は、目を覚ました。

今日は、サッカーの地区大会の日。そして僕の一五歳の誕生日。試合の場所は、汽車で三駅先の中学校。集合時間に遅れないように、深夜放送を聴かないで早く床に就いた。準備万端。

地区大会は三校の総当たり戦で、二校が次の予選に進む。まだサッカー部がない中学校が多く、三校しか集まらない。二試合して、二勝すれば次の大会に進む。一勝一敗の場合は、点数とか失点とかの細かいルールで、勝ち上がりを決定する。二敗は敗退が決定。

我が校は一試合目、二対〇で負けた。相手校は県大会でも上位に進む中学校で、試合前から敗戦覚悟で臨んだ。二対〇はよくやったと思う。次の試合は休憩をはさんで午後の一時からキックオフ。相手は練習試合で一勝一敗の結果に終わった中学校。お互いに手の内は分かっている。そして、今日も、快晴のカンカン照り。気温も三二度を超えている。試合前から弱音は吐かないと、僕は内心決めていた。もし、傍に後輩の原田みつ子がいたら、また、大きな声で馬鹿にされると思った。ここにはいないのに、なぜかそう思っていた。

午後一時。

「ピ～～ッ」

キックオフの笛が鳴る。試合は、先日の練習試合と同様に、お互いに譲らず、前半は〇対〇のままでハーフタイムとなる。

暑さで喉も渇いて水も欲しいが、それ以上に、ボールを追いかけて走り続けると、頭の中がクラクラとして、今、ここで何をしているのか分からなくなる。ハーフタイムに後輩たちが、レモンの輪切りを配ってくれた。このレモンの酸っぱさは、頭の先まで届いて壊れかけた朦朧《もうろう》とした僕たちの気持ちを覚まさせてくれた。

「ヨシ！　残り三〇分で決めるぞ！」

「オー！」

橋本先生の気合いの掛け声で、僕らは、後半のグランドに散った。スタートはマイボールのキックオフ。

キックオフ直後のパスが、右ウイングの僕の足元にハーフボレーで飛んできた。僕はこのボールを胸で上手くトラップできた。すぐさま相手のバックの選手が、近づいてくる。

僕は、ボールを早くドリブルさせて前線に向かう。

すぐ後ろには、相手の選手も素早く遅れないようについてくる。僕は、ここで一度ボールを、右サイドで急ストップさせる。相手選手も、このプレーに反応して、一度ストップする。僕はこの瞬間、再度ボールを前に蹴りだす。このツーアクションで相手を置き去りにするのが、得意のフェイント。今日も上手く決まった。ペナルティーエリア内には、味方の選手が二人、僕のセンターリングを待っている。

「フミー！　早く出せ！」

と、背は本当に低いが、ドリブルもフェイントもパスもシュートも、何をしてもチームで一番のプレーをするヒロが、叫んでいる。僕は、彼を見つけると、右インステップで正確に、そして速く強いボールを彼の足元にセンターリングした。上手くトラップした彼の周りに二名の相手選手が、すぐに囲んでくる。彼は、軽くステップでも踏むようにボールをサッサッとコントロールして、相手選手を一瞬にかわし、ゴールキーパーと対峙した。すると彼は、左足でシュートのステップを踏むと、サイドキックする右足の振り上げを少し遅らせるフェイントを掛け、キーパーの体勢を崩して、ボールを振り抜いた。

「シュート！」

いつものシュートする時のヒロの掛け声も一緒に、ゴールめがけて飛んで行った。

【ゴ〜〜ル!!】

見事に決まった。僕らは、彼の周りに駆け寄って、ゴールを祝福した。

「ヤッター！　ヨシ！」

「さすが、ヒロ！」

僕らは、一点の嬉しさに酔いしれた。しかし、

「オイ！　すぐに始まるぞ。相手が、キックオフで待っとるぞ。もたもたするな！」

主審の、注意に促された。

一点に酔いしれたため、再度キックオフの相手チームを待たせていた。すぐにキックオフ。一進一退の攻防は、残り二五分、ギラギラ照り続ける太陽の下で続けられる。タイムアップのホイッスルを早く聞きたい。でも、なかなか鳴らない。ロスタイムが五分過ぎる。七、八分過ぎても鳴らない。もう、僕らは、ヘトヘトで、動きが完全にストップしている。相手はホイッスルが鳴らないのでガンガン攻めてくる。

ロスタイム一三分。相手のエリアから、長く、高いロングパスが、僕らのゴール前まで飛んできた。ボールはちょうど、太陽の眩しさに重なって消える。そこへ、すかさず走りこんできた相手のフォワードが、頭で合わせた。ボールはキーパーがパンチングで差し上げた右手の上を、フワッとかすめてゴールに吸い込まれた。

【ゴ〜ル!!】

ついに、同点ゴールを決められた。それもロスタイム一三分で。暑さで、全員ヘトヘトに疲れ切っている我チームは、何が起こったかも分からない。あまりにも長いロスタイム、どうでも良いから、早く終わってほしい。

すぐに、マイボールでキックオフは再開された。やる気のない僕らを見逃さず相手チームの元気なフォワードの一人が、スイスイとフェイントをかけながら、ゴール前までドリブルで駆け上がる。キーパーと一対一になった彼は、思いっきり右足をインステップで振り抜いた。

【ゴ〜ル!!】

きれいに、ポスト右上にゴールした。

やっと終わった。逆転ゴールの決まった瞬間、終了のホイッスルが鳴った。ロスタイム一五分。僕らは負けた。気持ちは全員、どうでも良かった。暑くて意識が朦朧として、とにかく、試合が終わって欲しかった。

全員整列して、試合終了の挨拶を済ませ、後輩の待つ控えのテントに戻った。

「先輩！　おかしい！　ロスタイムは、とっくに、オーバーしとる。あの審判は、おかしい」

「そうや！　おかしい！」

「同点が入った時は、ロスタイム一三分たっとる」

と、後輩たちは、口を揃えて僕らに言ってきた。それを聞いていた橋本先生が、

「うるさい！　黙れ！　負けは、負けや。これ以上言うな！」

と、大声で僕らに怒鳴られた。

「でも……」

僕が、言おうとしたが、

「分かった。あとで、私が話をしておく。しかし、負けは、負け。ブツブツ言うな」

先生は、僕たちに諭すように話された。

「ハーイ。分かりました」

僕ら全員、仕方なしに力のない返事をした。

その時、大会本部の中央テントの方で、女の子の大きな声で、

「今の試合、おかしいでしょう。ロスタイムが、一五分なんてあり得ないでしょう」

と、聞こえてきた。一人の女の子が、本部の席に座っている何人かに抗議していた。

なんと、その子は、原田みつ子だった。

僕は、驚いた。と、同時に彼女らしいとも思った。橋本先生は、本部の方へすっ飛んで

行った。

「原田、止めろ！　あとは俺が話す」

「先生、でも、おかしいでしょう。ロスタイムが一五分なんて。こっちが勝っていたのに」

「分かった。とにかく、あとで俺が話しておくから、下がれ」

「絶対ですよ。先生」

「分かった」

先生は、その後、本部に頭を下げていた。

僕らは、原田みつ子の言ってることは正しいと思っていたし、先生が頭を下げる必要もないと思った。しかし、負けは、負けだった。

閉会式が終わってチーム全員、大会が開催された中学校の中庭にある大きな杉の木の下に集合して、ミーティングが始まった。

原田みつ子も交じっていた。

先生は、いつもの大きいホームサイズのコーラを全員に配った。加えて今日は、大きなお盆三枚に盛られた美味しそうなスイカが付いてきた。

「みんな、今日はお疲れ様。特に三年生は、今日で部活終了。あとはしっかり二年生が引き継いでほしい」

　決まりきった話が、進んだ。

「今日のことは、私も大会の本部に話をしてきた。ただし、負けは、負け。これ以上は仕方がない。君たちには力になれなくて、すまん。許してくれ」

　と、先生は、謝られた。

　僕らもこれ以上は仕方のないことは理解していたので、逆に先生には申し訳なかった。

「それと、今日、このスイカは、原田のお父さんからの差し入れ。全員、原田にお礼を言うこと！」

「ありがとう、ございや〜〜す!!」

　全員で原田みつ子に礼を言った。彼女は、少し恥ずかしそうに、

「いえ、いえ、父からです」

　と、返してきた。僕は、どうしてお父さんから差し入れが届いたのか不思議だったので、そのまま、

「どうして、お父さんから差し入れ？」

　と、質問した。

「あのう、先輩。父の会社が、すぐそこなんです。製薬会社。なのでバレーボールの練習

が終わってすぐに汽車に乗ってきました。ここの場所が分からないんで、父に駅まで迎えにきてもらったら、途中でスイカを買ってくれたんです。みんなに食べてくださいって言って。さっきまでバケツに氷を入れて冷やしていましたから、まだ冷たいと思います。早く食べてください」

彼女は、説明してくれた。この説明で彼女が、あの製薬会社の社宅に住んでいることが、分かった。

僕らは、試合の結果は既に忘れて、冷え冷えの甘いスイカに夢中になった。

「先輩、お誕生日おめでとうございます」

突然、彼女から、誕生日のメッセージを告げられた。スイカをほおばっていた僕は、突然のメッセージにびっくりしてプッと吹き出してしまった。

「ありがとう。圭太からいろいろ聞いたよ」

と、返すと、

「先輩、今晩〝ジャンピングフラッシュ〟聴いてくださいね。私、リクエストカードを送っているので読まれるかもしれません。絶対ですよ」

そのように言われた時、僕もリクエストカードに彼女へのお礼を書いて送ったことを思い出した。けれどそのことは、話さなかった。

「分かった。今日は、疲れて眠いかもしれんけど、頑張って聴くよ」

「約束ですよ」

「分かった。約束する」

その二人の会話を、横で聞いていた口の悪いヒロが、

「あっ！　こいつらできちょる！」

と、みんなに聞こえる声で言ってきた。みんなも、

「えー、誰が、できちょると？　誰や？」

と、言って騒ぎ出した。しかし僕は、返す元気もなかった。そして、こんな彼女が僕の気持ちの中に、少しずつだんだんと侵入してきているのを感じていた。

ミーティングも終わり、冷たいスイカのお陰で、変な負け方をした仕方のない悔しさも、頭の中から消えていった。

最後に、僕たち三年生から後輩たちに、激励と感謝の気持ちを込めて全員で円陣を組んで、

「GO～、GO～、GO～、GO～

ファイト！　ファイト！」

「GO～、GO～、GO～、GO～

「GO〜、GO〜、GO〜、GO〜
　一年！　ファイト！
　二年！　ファイト！」

と、この時期恒例の掛け声で、締めくくった。僕は、この先部活をできないことはないが、これで卒業と言われると少し寂しい。

帰りの車中、三年生は、さすがに疲れていたのと、一区切り終わった感慨で、誰一人、言葉を交わさない。しかし、原田みつ子も交じって後輩たちは、ガヤガヤとうるさく喋り続けていた。

寝静まった遠くの方から、（ウォーン！　ウォーン！）と犬の遠吠えが、聞こえる。蚊取り線香の渦は半分ほどになっている。既に時間は零時を過ぎていた。

僕は、今日の試合の疲れでとても眠たかったが、ずっと我慢してラジオに耳を傾けている。しかし、時々、我慢できなくなって知らぬ間にウトウトと瞼を閉じていた。何度もハッとして、時計を確認する始末だった。

しかし、零時を過ぎた頃から、自分で出したバースデーのリクエストカードが読まれるかどうか、ドキドキの楽しみがあるのと、試合が終わって、原田みつ子と聴く約束をしたことが気になって、目が冴えてきた。

零時半。

ビーチボーイズの「グッド・ヴァイブレーション」で、〝ジャンピングフラッシュ〟は、スタート。

いつもの時間、いつものＤＪの語りが聴こえてくると、頭の中は、さらに冴えてきた。

男性ＤＪの語りが、始まる。

『今日の一曲目は、クリフ・リチャードの〝コングラチュレーションズ〟からスタートなんだけど、ちょっと不思議なことがあるので、皆さんに紹介するよ。それはね、この曲をリクエストしてくれた方が、二人いて、一人は、常連のフミ君。〝コングラチュレーションズ〟だから自分で、〝おめでとう〟をして、〝やったー、一五歳だ！〟って、書いてんだ。そしてね、このカードの隅っこに小さく、〝原田さん、ありがとう〟て、書いてあるの。なんか意味分かんないけどね。ここまでは、まあ、良いとして、これから先の話が不思議。

僕は始めに、リクエストしてくれたのが二名って言ったよね。そしてもう一枚、同じ〝コングラチュレーションズ〟をリクエストしてくれたのは、女の子。そしてね、リクエストカードにハートのイラストをたくさん描いて、

〝文雄先輩、お誕生日　コングラチュレーション！〟

って、書いているんだ。なんか変なカードと思ってよく見たらこの二人、住所が近すぎる。もっと言おうか！

それとね、この女の子、匿名希望なんだけど、フミ君がありがとうって、書いている名前と同じ名前なんだよ。今は、もう言えないけれど、同じ名前！

絶対、この二人、おかしい！

どうでも良いけど、それでは、本日の一曲目、
クリフ・リチャード〝コングラチュレーション〟スタート！

フミ君、一五歳、コングラチュレーション！』

♪タン、タッ、タッ、タッ、タ～

コングラチュレーション♪


僕はこの曲を聴きながら、生まれて初めて、深夜のラジオ放送を通して異性からの告白を受けたことを感じた。

相手から直接言われたわけではないが、リクエストカードを通して、原田みつ子の気持ちが、僕に伝わってきた。先日の食事中に圭太が、彼女たちがクラスで騒いでいることを話していたが、その時は、それほど真に受けていなかった。冗談半分で言っていることだ

ろうと思っていた。

今日の試合が終わって、ミーティングの時に、彼女が、

「絶対、聴いてくださいね」

と、言われた意味が分かった。そして今度は、僕が、原田みつ子に対して「ますみさん」に対する気持ちとは、何か違う感情を覚えた。

これが、よく言う、「恋愛」なんだろうかと、心の中で呟いた。

第二章

高く遠く流れる雲が、夕日を受けて、紅く染まっている。その下に隠れる山々は、沈む太陽の陰になって、ただ、黒く尾根の形だけが、目に映る。

毎週、水曜日か土曜日の学校の帰り、僕は、原田みつ子と会って、半時間、いろいろな話をするのが楽しみだ。

部活は卒業したが、週に二日だけ、練習に参加した。バレーボール部で練習をしている彼女に時間を合わせるためだった。

会う場所は、初めて彼女と会って、図々しく話しかけられた橋に続く桜並木の下。ベンチに座って、少しの時間だけれど、本当にいろいろな話をした。深夜放送のこと、海外のミュージシャンのこと、そして僕の進学のことなど、話し出したら、とてもとても、時間が足らない。しかし秋の夕日はつるべ落としとは、よく言ったもので、アッという間に時間は過ぎていく。

帰り道、彼女の自宅がある、製薬会社の社宅に通じる道の角まで話の続きをしながら、一緒に歩いて行って、そこで別れる時、なぜか分からないが、とてもつらく感じる。

「じゃ、また、来週！」

と言って、僕も彼女も、微笑んで別れるのが、約束になっていた。最初の頃は、別れた後も、ずっと気持ちがウキウキして、楽しさだけが続いていた。が、なぜか、何度か会って話に夢中になっていくと、一緒にいる時間が過ぎるのをとても早く感じてきた。

二人でいる時は、そんなことを顔を合わせて口に出すことはなかったが、自然と別れの角までの足取りは、お互いにゆっくりと歩調を合わせるようになった。最初は僕だけの気持ちと思っていたが、彼女も同じ気持ちなんだと感じられるようになってきた。

一〇月二週目の土曜日。明日、日曜日は学校行事の体育祭。いつものように桜並木のベンチでいろいろな話をして、別れの角まで、どちらから言うこともなく、ゆっくりと歩いて行った。

この頃になると、僕は、彼女を「みっこ」と呼ぶようになった。彼女は、ラジオのＤＪが、僕のカードを読む時、「フミ君」と言っているのを使って、「フミ君」と呼んできた。

最初、後輩の女の子に「君」付けで呼ばれた時には、えっ！　と思ったが、慣れると何だか嬉しくなった。今日は、

「みっこ、じゃー、明日！」

「フミ君、じゃー、明日、体育祭でね！」

また、明日会えるので、あまり気持ちは落ち込まないで別れられた。

夕日は既に山の向こうに隠れて、外灯の明かりが、家路を急ぐみっこの後ろ姿に寂しく影を作っていた。


〝バン、パン、パン、パーン〟

朝早く、七時に体育祭のはじまりを知らせる花火が打ち上げられた。天気は快晴。

中学生活最後の体育祭。僕は、小学生の時からあまり足は速くなかった。しかし、努力は報われるもので、サッカーのお陰で、クラスの男子の中で二番目くらいに速く走れるようになった。一番はクロちゃん。彼にはとても敵わない。僕と彼は、クラスから男女二名ずつ選ばれるクラス対抗リレーの選手に選ばれた。

他に組体操とか騎馬戦等の出場種目はあるが、一番の楽しみは、フォークダンス。出場は三年生の男女全員。競技種目としては最後のプログラム。曲は、アメリカ民謡の「オクラホマミキサー」を二曲ダンスする。

僕ら男子にとって楽しみは、ダンスをする時、女の子と手をつなげるドキドキ感。口に出しては言わないけれど、練習の時からみんな、張り切っている。僕もみっこには申し訳ないが、内心、楽しみにしていた。

競技の進行は順調に進み、昼休みの弁当の時間になった。お袋が、朝早く料理してくれた大好きな唐揚げや、巻き寿司、稲荷寿司を、昼から出場する競技等考えることなく、好きなだけ口に入れた。残る出場種目は、クラブ紹介、組体操、騎馬戦、そしてフォークダンス。クラス対抗リレーは、午前中に終わって、クロちゃんの頑張りで五クラス中、二位の成績。一位は同じサッカー部のヒロがアンカーで走ったクラス。クロちゃんもアンカーで、前走の女の子から三位でバトンを受け取った。彼は県体会で表彰台に立つスピードでヒロをゴール手前二mくらいまで猛烈に追い上げたが、追い付けなかった。そのデッドヒートに、会場全体が、彼らに大きな拍手を送った。

午後の開始まで少し時間があるので僕は、みっこを探すことにする。昨日の別れ際、彼女が僕にリレーを走る時、お守り代わりに両足首に着けて走ってほしいと言って、渡されたサポーターを返すためだった。渡された時、それを着けて走るのは、少し恥ずかしいと思って、

「えっ、これ着けるの？」

と、尋ねたら、

「お守り代わり。それと両親が、観にくるから、リレーの時に両足にサポーターを着けて走る先輩を見つけて、応援してって言っているから」

「えっ！　お父さん、お母さんにも、そんな話をしているの？」

「もう、ずいぶん前から。そう、サッカーの試合の応援に行った時に、お父さんには、話していたよ」

みっこから、その説明を受けた時、彼女らしいと思いながらも、ちょっとだけ唖然とした。

校内の松林を歩きながら、彼女を探す。ちょうど、体育館の裏手にある部室近くに差し掛かった時に、後ろから来たみっこに声をかけられた。

「フーミ君、うしーろ！」

振り向くと、みっこと、彼女にそっくりなお母さんも一緒だ。僕は、少し恥ずかしく、

「こんにちは。初めまして。大石文雄です」

と、簡単に挨拶すると、

「初めまして。原田です。みつ子からいつも、楽しい話を聞いています。これからも、この子をよろしくね」

と、お母さんは話された。

「わ、分かりました。みっこ、これありがとう」

僕は、お母さんから、丁寧に話されたことに戸惑いながら、借りたサポーターを返した。

「残念だったね。フミ君が、頑張ったのに、アンカーの人が遅かった」

と、僕の頑張りを讃えてくれたが、アンカーのクロちゃんの頑張りを見ていなかった様だ。内心嬉しかったが、クロちゃんには、申し訳なかった。

「午後からも、頑張ってね。それじゃー」

と、挨拶されて、お母さんは、応援のテントの方へ戻られた。

みっこは、別れ際、僕に、

「あのね、私、フォークダンスに出るよ」

「え、どうして?」

「三年生の女子の人数が、足らないので二年生の女子から一〇人くらい出ることになったの。私、その一〇人に入った。私から手を挙げたら、橋本先生が選んでくれた」

「やったね!」

「でもね。私、フミ君のところに行けるかどうかは、分からないよ」

「そうだね。みっこが回ってくるように、今から神様に祈っとくよ」

「私も、祈っとく」

僕は、もしみっことダンスできれば最高と思ったが、無理かなと思った。その場で彼女と別れた。

プログラムは、先生と保護者の借り物競走で盛り上がっている。この後が最後のプログラム、フォークダンス。男女約一〇〇名ずつ二列に別れて入場門で待機する。女子生徒の人数が少ないクラスのグループに二年生の女子生徒が配置されている。みっこは、さっきから、ずっと生徒の人数を数えながら、自分の入る位置を確かめている。何度も何度も数え直して、並ぶ位置を変えていた。たぶん僕のところに上手く来られるように、調整していると思う。

こんなことを真面目にするところが彼女らしくて、僕は、そんなみっこが好きだ。

先生と保護者の借り物競走が、大変盛り上がって終わった。毎年、盛り上がるのが当たり前だけれど、今年は酒で酔って出場したどこかの親父さんがいて、会場を盛り上げていた。

さあ、最後のフォークダンス。今年の入場曲は、トワ・エ・モアのデュエットでヒットしている、「或る日突然」。意味深だ。

♪或る日突然、ふたり黙るの。

あんなにおしゃべりしていたけれど♪

男子と女子が、少し恥ずかしそうに手をつないでグランドに円を描くように入場する。
僕は、ずっと前の方にいると思うみっこを探した。しかし、どの辺にいるのか分からない。
全員同じ白の体操服を着ているので、後ろ姿では、判断がつかない。二曲ダンスするので
まだずいぶん前の方にいるはずだが、見つからない。少し不安になった。
「本日の体育祭、最後の演技種目。三年生全員の、フォークダンスです。中学生活、最後
の演技。会場の皆さん、大きな拍手で応援してください」
進行係のアナウンスで、会場は大きな拍手に包まれた。同時に「オクラホマミキサー」
の軽快なリズムが、スタートした。
♪チャラ、チャラ、ラ、ラ、ラ、チャラ、ラ、ラ、ラ、ラ♪
僕が手をつないで入場したのは、クロちゃんの片思いの彼女、伸子さん。ダンスをしな
がら五、六組先にいるクロちゃんを探した。すると彼も僕の方を見ていて、ニヤッと笑っ
てきた。彼に、僕が彼女と手をつないでいることが、はっきり見えるように、伸子さんの
肩越しにつないでいる右手を、わざと頭の上まで挙げた。クロちゃんは、それが見えたの
か、少し怒った表情で、僕を見返してきた。でもすぐに、また、ニヤッと笑って返してき
た。これだから彼は、本当に憎めない良い奴。
一曲目のダンスが終了。僕は、再びみっこを探す。

見つかった。一〇組先くらい、僕のクラスの前の方にいた。身長の低い順番に並んでいるので、誰と手をつないでいるのか、少し不安になった。そして、不安が的中する。僕の性教育の先生、キヨシだ。

「三年生の皆さん。次の一曲が、最後のダンスになります。しっかり、思い出を作ってください」

進行係を担当している放送部の女子生徒のアナウンスで二曲目が、スタートした。内心は、そんな一言、どうでも良いから早く始めて、キヨシから彼女を引き離して欲しかった。休憩中にも二人で神様にお願いした。みっこが僕のところへ早く来てほしい。

♪チャラ、チャラ、ラ、ラ、ラ、チャラ、ラ、ラ、ラ、ラ、ラ♪

「オクラホマミキサー」の軽快なリズムに乗って彼女の姿が、だんだんと近づいてくる。まだ少し先の方だけれど、くるっと回る時に、お互いの目と目が合う。もう胸はドキドキ。二学期が始まって、週に一度、彼女と下校の時に会っていろいろな話をすることがとっても楽しみだけれど、まだ、一度も彼女と手をつないだことはない。でも、もうすぐ、初めて彼女と手をつなぐことができる。

そして、また一人、また一人と、曲に合わせて相手が替わっていく。さらに、彼女の姿が近づいてくる。

♪チャラ、チャラ、ラ、ラ、ラ、チャラ、チャン、チャン、チャン♪

〝THE　END〟

神様は僕たちに悪戯をされた。みっこが僕の一人手前に来た時、曲の終わりを迎えた。

（なんて神様は、意地悪なんだ！

あと一人で良いのに！）

僕は、彼女の背中を見ながら、どうしようもない結果に、本当に悲しくなった。今、僕と手をつないで退場している女の子と、背中を見せて、他の男の子と手をつないで退場しているみっこを入れ替えてほしい。

（どうにかなりませんか？　神様！）

退場曲の「或る日突然」は、全く耳に入らない。すると前にいた、みっこが、

「あ、分かった！　計算、間違えてた！」

周りの誰にも聞こえるくらいの声で、突然叫んだ　僕は、なぜか彼女のその一言で少し救われた。たぶん、いつもの彼女の元気な声が、聞こえたからだと思う。体育祭は、僕とみっこに、また一つ思い出を作って終わった。

年が明け、正月気分も抜けた一月の初めの土曜日の午後、桜並木の下にあるベンチで、

みっこを待った。僕は今日、彼女に、僕の進学のことを話そうと考えていた。

ほとんどの同級生は、普通高校に進学して、その後は大学に進む方向を考えている。または、工業高校、商業高校に進んで卒業後は就職を考えている同級生もいる。正直、僕も、高校から大学に進学したかった。教科では社会科が好きで、特に地理が大好きで、地図帳を見ながら日本中のいろんな町や村の風景、そこに住む人たちの毎日の生活、その場所に行くまでの汽車、バス、はたまた船などの交通手段、そんなことを考えて想像する変な楽しみがあった。

社会科の試験の点数もまあまあで、将来は、社会科の教師になりたい夢があった。しかし、僕は、家庭の事情で、たぶん大学には進学できないと思っていた。小学五年生から昨年の四月まで新聞配達をしてきた。自由に使えるお金が欲しかったからだ。親父の商売があまり上手くいっていないので、あれが欲しい、これが欲しいとか親に言えなかった。今もそれはあまり変わらない。

体育祭が終わって、そろそろ進路を決めなければならないと悩んでいる時に、ある中学生雑誌で見つけた工業高専の記事に心が引かれた。中学を卒業して、工業高専に進学すると、五年間で専門分野は、普通大学と同等の授業が受けられること。就職が一流企業からの求人が多いこと。そして授業料がとても安い等、僕にとっては、言うことなしだ。

ただ、入学試験の内容が大変難しい。

一一月に入って、何度となく雑誌に掲載されている過去問題に挑戦した。しかし、良い点は取れない。試験日は二月中旬。試験日まで、あと四カ月を切っている。

工業高専を目指すか否か？

【To be、
Or Not To be】

生きるか、死ぬか、ハムレットの心境ではないが、僕は、とても悩んだ。その時、みっこに相談しようと思った。しかし、ふと昨年の夏にあったことを思い出した。

それは、練習試合で、とても暑く、試合前から、

「暑すぎて死ぬ！」

と、弱音を吐いた僕らに、

「先輩たち、試合する前から、負けてる！」

と、言ってきた彼女を思い出した。たぶん相談しても、

「そんなこと、頑張って、試験受けてみないと分かんないじゃない」

と、言われるのが関の山と思った。

年の暮れ、一二月のクリスマスイブの前日、ちょうど二学期の終業式の日に、担任のガ

イコツ先生に進学の方向を決めたことを伝えた。

第一志望、工業高専。滑り止め第二志望、県立高校普通科。その次の滑り止め私学の高校は受験しない。もし、二校の志望校がダメだったら、親父の仕事を手伝うと、心配するお袋に話した。お袋は、

「大丈夫ね？　もしものために、私学を受験しといた方が良いんじゃないと？」

と、言ってきたが、

「私学に受かっても、俺、行かんよ。そんな金、ないこと、知っとるよ」

と、答えたら何も言わなくなった。

紺色のダッフルコートで、みっこは、少し遅れてやってきた。年が明けて、初めて会うので、お互い、

「明けまして、おめでとうございます」

から始まった。

しかしいつものみっこの様子とは、少し違う。元気な明るい彼女が、そこにはいない。

「みっこ、何かあったと？　元気ないよ」

「フミ君、分かる？　ちょっとだけ」

ちょっとだけって、言われたが、僕は、こんな彼女を見ることが、今までなかったので、

もう一度、

「何が、あったと？」

と、尋ねた。

「私のことはあとで話すから、先にフミ君の話をして。何か、話があるって圭太君から聞いてたよ」

僕は、弟の圭太に彼女に話したいことがあるから、今日、会えるように伝えてもらっていた。

「分かった。僕の方からは、進学のこと」

僕は、受験の話を始めた。約一カ月後、二月二一、二二日の、工業高専の受験日の話までした。

「え、受験日まで、あと一カ月ちょっと？」

「県立高校は、三月だからまだ二カ月は、あるよ」

そして、私学は受けない説明をした。その話をしながらも、彼女は、いつもの彼女とは違う。なぜか、気になる。

「フミ君、どうして今まで私に、そのこと、話してくれなかったの。私、ずっと普通高校を受験すると思ってた」

「ごめん。一一月くらいから、どうしようか迷ってて、言い出せなかったと。でもね、一二月の学期末試験が、まあまあ良かったので工業高専を受けてみようかとその時思った。本当は、みっこに、相談しようかと考えたけど、あとは自分で頑張るしかないと思って、受験することにしたと。ごめんね、今頃言い出して」

僕は、みっこには、迷っていたことを正直に話した。

「受験日まで、あと一カ月しかないけど、本当に大丈夫？」

「今ね、自分では、死に物狂いで頑張っている。ラジオも聴かないで頑張っているよ」

「そうでしょ。最近、フミ君のカード読まれないなーと思ってた」

「正月から、全く聴いていないよ」

「良かった。私のリクエスト、たくさん読まれていて、いつも、フミ君のこと書いていたのに、全然反応がないから、心配してた」

「ごめん。受験が終わるまで、聴かないことにして、ラジオもお袋に渡して隠してもらっている。二月まで待っとって」

「了解」

「じゃー、みっこの話は？」

と、僕が、みっこに話を振ったとたん、彼女の表情が、急に変わった。そして、少し目に涙を溜めているようにも見えた。

「あのね、私、二月にいなくなっちゃう。今年になって、お父さんが、本社に転勤することが決まって、私たち家族もそれに合わせて、二月一五日に東京に引っ越し。だから、フミ君と会えるのは、あと少しだけになると思う」

「え、それ本当の話？　冗談だろ？」

と、僕は、彼女の話を受け入れられなくて、顔は精一杯、笑った表情を作って、言葉を返した。しかしみっこは、

「ほんとう、…………」

と、言って、それ以上、彼女の口から言葉は聞こえなくなった。下を向いたまま、肩を震わせていた。こんな彼女を見るのも初めてだけど、転校することと、彼女がしばらくすると僕の傍から居なくなるのが、本当に信じられなくて僕の心の整理がつかない。

一五歳の僕には、本当につらく悲しく肩を震わせている彼女に、どう言葉をかけて良いか分からない。そして、そんな彼女をまともに見ることもできない。僕自身、どうしようもなく、ずっと遠く、高く広がる冬の空を見上げていた。

「ごめんね。急にこんな話をして。フミ君、受験勉強、一生懸命頑張っているって分かっていたら話さない方が良かったね。本当にごめんなさい」

みっこは、少し気持ちを取り戻して、今日、話したことを謝ってきた。

「今、思ったけど、私が東京に行く日が二月一五日なんだけど、フミ君の試験、二一日って言ったよね」

「そうだよ」

「本当にごめんなさい。私、東京に行くことを黙っていて、フミ君の試験が終わってから、手紙とか書いて、東京に行ったことを知らせれば良かったかな？　圭太君とか、みんなには、私が転校したこと、知らないふりしてもらって、あとから知らせた方が、良かった？」

何となく、普段のみっこのペースに戻ってきたような話をしてきた。ただ、目にはいっぱい涙を溜めて話している。それも彼女らしい。

「ありがとう。今日、話してくれて。みっこがいなくなってあとで手紙で知らされる方が、ショックは大きいと思うよ。だから、今教えてくれてありがとう」

僕は、どちらにしても彼女がいなくなることがショックで、精一杯の気持ちで答えた。

「私からも、ありがとう。でも、本当にごめんなさい。受験勉強、頑張ってね」

彼女も、自分の気持ちを絞り出すように、僕に答えてくれた。そして僕たちは、それ以上の会話ができなくなった。帰り道、いつもの別れの角まで一言も話すことなく来てしまった。

　別れ際、彼女は、

「私、東京に行くまで今まで通り水曜日か、土曜日に会いたいと思ったけど、フミ君の受験を考えたら我慢する。だから、勉強、精一杯頑張ってね。向こうに行っても、手紙出すから」

「本当は、今日、僕から受験日まで会うことを我慢しようと言うつもりやった。でも、みっこから言われると、ちょっと辛いけど僕も我慢するよ」

「ほんと、頑張ってね」

「ありがとう。どうしても何か話したいことあったら、圭太を通して連絡するからその時は、会ってね」

「分かった。じゃー」

　と、みっこは、その一言だけ言って、サッと振り向いて、自宅方向へ歩き出した。外灯の影は、寂しく帰って行く彼女の後ろ姿を映していた。その姿を見て、絶対合格してやるという強い思いが、僕の胸に湧いてきた。これは、半年近く彼女といろいろな話をして、良い意味で、合格すれば、彼女の何事に対しても常に挑戦する姿を見させてもらった僕から彼女へのプレゼントになると思った。

二月一四日土曜日。今日はバレンタインデー。明日は、みっこが、東京へ旅立つ日。そして、一週間後の二一日土曜日は、僕の受験日。彼女に受験の話をしてからひと月余り、彼女に会っていない。その間、僕は、本当に死に物狂いで勉強した。毎日、毎日、過去の問題を何度も、時間を計って挑戦してみた。毎晩、午前三時くらいまでやって、知らぬうちに、炬燵の上で眠っていた。よく遅刻もしたが、どの先生も許してくれていた。

午後、帰宅して、少し仮眠を取ろうと布団にもぐりこんだ時、圭太が階段をドタドタと上がってきた。その音がうるさくて、仮眠できないので圭太に文句を言おうとしたら、ドアをパッと開けて、

「原田がいつものベンチで待ってるから来てほしいって。時間は、あまり取らないからって。あいつ、明日、東京に行ってしまうから、すぐ行ってやって!」

と、早口でまくし立てて、ドアをサッと閉めて、また、ドタドタと下りて行った。僕は、圭太のメッセージに、質問する時間もなかったが、みっこに会えると思うと、すぐに普段着のジーパンとセーターに着替えて、自転車で桜並木のベンチに急いだ。何の話か、想像がつかない。でも彼女に会えると思ったら、気持ちが矢も楯もたまらなくなって、ペダルをこいだ。家を出て一〇分とかからないで桜並木のベンチに着いた。

「みっこ、お元気ですか？　ご機嫌いかがですか？」

「何よ、フミ君。よそよそしい。私、帰っちゃうよ！」

「ごめん、ごめん。冗談だよ」

「試験勉強、頑張ってるってね。圭太君から聞いた。あと、一週間だね」

「なんとか合格ラインの点数を超えられるようになってきたよ。もう少しで合格！」

「今が一番大切な時と思ったけど、明日、東京へ行っちゃうから、今日しかないと思って圭太君にお願いしたの」

「ありがとう。僕も、明日のことが気になって連絡しようか、どうしようか迷っていた。本当は、みっこが東京に行く前に、会いたかったんだ」

「良かった。フミ君が、そんな気持ちでいてくれて。連絡ないからもう私のこと、忘れてしまったのかなって？」

「そんなことないよ。絶対ないよ」

「分かった、分かった。あのね、今日、バレンタインデーだよね。私からプレゼント。ハイ」

と、言って彼女は、僕に赤いリボンの付いた、小さな手提げの紙袋を差し出した。

「ありがとう。生まれて初めて女の子からプレゼントをもらったよ。開けて良い？」

「どうぞ。私も、お父さん以外の男の人にプレゼントするのは、初めて」

僕は、その小さな手提げの紙袋を開けた。中には、二つ折りのカードと一緒に、小さな緑色のランプが入っている。

「そのランプ、お父さんと、小倉に買い物に行った時に買ってきたの。時々、灯りを灯して、私を思い出してね」

「でも、これ灯り、点くのかな？」

「大丈夫。理科の実験のアルコールランプと同じで、アルコールを入れてマッチで火が点くってお店の人は、言ってた。アルコールは、フミ君が買ってきてね」

「了解。ありがとう」

「カードは、帰って読んでね。ここで読まれると、私、恥ずかしいからあとで読んでね」

「え、今じゃダメ？」

「あとで！　私、怒るよ！」

「ごめん。帰って読むから、怒らないでください！」

「私、この後、学校に戻って先生に挨拶してから家に帰る。だからフミ君とは、ここでお別れ。本当に試験頑張ってね！　また、すぐに会えると思うから、さよならは、言わない。じゃーね！」

みっこは、サッと振り返って、別れの角のいつもの同じ言葉と、同じ仕草で、今日は学校の方へ駆けて行った。しかし、ひと月前に別れた時と同じように、目には涙をいっぱい溜めていた。今日の僕は、彼女に返すいつもと同じ言葉が見つからない。ただ、じっと駆けて行く彼女の後ろ姿を見つめながら、初めて彼女と会った部活帰りの橋の上の会話のことから、サッカーの地区大会で本部席に抗議したこと等、いろいろな彼女との出来事が、気持ちの中を駆け巡った。そして、絶対、受験は合格すると誓った。

フミ君へ

今日は、会ってくれてありがとう。
試験勉強、一生懸命に頑張っていることを、圭太君から聞いていました。
会わない方が、良いかなと思いましたが、どうしても、最後に会いたくなりました。
大変なのに、ごめんなさい。
楽しい思い出、たくさん、ありがとう。
もう、ジャンピングフラッシュは、聴けなくなるけど、私、ずっと忘れません。
私、東京に行っても、手紙必ず書きます。
フミ君も、絶対手紙書いてください。

それでは、この辺でペンを置きます。
最後に私が、大好きな詩を、プレゼントします。
では、いつものように
じゃーねー！

原田みつ子

「今日の日は、さようなら」
作詞、作曲　金子詔一

いつまでも絶えることなく
友達でいよう
明日の日を夢見て
希望の道を

空を飛ぶ鳥のように
自由に生きる

今日の日はさようなら
またあう日まで

信じあう喜びを
大切にしよう
今日の日はさようなら
またあう日まで

真新しい流行りの水色のボタンダウンのシャツに袖を通し、学生服を着て、合格祝いに買ってもらった白いスニーカーを履いて入学式を迎えた。僕は、工業高専電気工学部に無事入学することができた。自分でも、受験を決めてからよく頑張ったと褒めたいが、一緒に喜んでくれるはずのみっこが、遠くへ行ってしまったことで、喜び半分くらいか。しかし、そんなことをグズグズ言っていたら、また、彼女から、

「フミ君、駄目！　しっかりしてよ！」

って言われそうな気がする。

入学式は、淡々と行われた。講堂の椅子に着席した新入学生の一人一人が名前を呼ばれ、

「ハイ」と返事をして、その場に起立をすることから始まった。最後に新入学生代表の宣誓の言葉で式は終了した。僕は、とても緊張していたが、式が終了して会場を退出する時、何人か前方の人が、手の振りと足の振りを左右同時にしていたのには笑ってしまった。

入学式の後、各教室へ案内された。そしてその日は、教官やスタッフの方からいろいろ様々なことを、レクチャーされた。その中身は、まだピンとこないことが多かった。まだまだ中学生気分が抜けていない。ただ、担任の教官から、入学して卒業するまでに二割くらいの学生が、留年または退学することを話された。クラス四〇人が、卒業する時は、三〇人くらいになるらしい。その話には、少しピンときて頭の中に入ってきた。

入学式の翌日、熊本の阿蘇青少年交流の家で三日間のオリエンテーリングが行われた。雄大な阿蘇に行くということで、気持ち半分、観光気分でバスに揺られて会場に到着した。

しかしその三日間は、これでもか、これでもかと言うほど、どんどん今後の学生生活の注意事項や、これから教えられる授業内容、学生生活のスケジュール、はたまた、入学式の日に担任の教官が話された留年、退学の話を何度もたたき込まれた。僕だけではないと思うが、正直少しうんざりしていた。そして、そんな五年間の学生生活は、とても長いなぁと感じていた。学内は、僕たち一五歳でまだ子供。それに比べ五年生は、二〇歳。落第生には、ずっと年上の二四、五歳の先輩がごろごろいる。顔つきは、もうオッサン。勉強はさて置き、僕もあんな先輩のようなオッサンになって無事卒業出来たら良いなあと思った。

阿蘇での、三日間の地獄のオリエンテーリングの中で、一つだけ良かったことがあった。それは、最後の日に、本校を卒業された先輩の講演であった。三日目ともなると、僕たちは、肉体的にも、精神的にも疲れ切っていた。そのような僕たちの心の中を察してくれているのか、卒業された先輩が、五年間経験された学生生活の話は、楽しく、そして面白可笑しく、僕たちの気持ちの中に沁み込んできた。その先輩の話の中で、

「五年間は、長そうでそんなに長くない。長い五年間と思わず一年、二年、毎年、なんでも良いから目標を立てて、学生生活を送るとあっという間に五年間は、過ぎ去る。目標は何でも良い。当然、今年は勉学に励むでも良い。来年は部活でレギュラーになるでも良い。はたまた、可愛い女の子と恋愛をして失恋をするでも良い。クサイ言葉だけれど、五年間の青春時代は、取り返したくても、過ぎてしまえば、二度と戻ってこない。

とにかく、何でも良いので目標を立てて、精一杯、学生生活を楽しんでくれ！」

この先輩のお言葉に、僕は、大変感動した。この時だけは、本当に目も耳もしっかり働いて、僕の脳に刺激を与えてくれた。

阿蘇の地獄のオリエンテーリングを終え、帰宅すると、みっこから手紙が届いていた。手紙は、九州から東京まで、四日間くらいで着く。僕もみっこも、郵便を受け取ってその日のうちには、返事を書いている。みっこからはもう五通くらい手紙が届いている。彼女からは、新しい学校の様子とか、新しい友達ができたとかいろいろ書いてあるが、少しまだ落ち着かない様子も書かれていた。
阿蘇から帰るバスの中で、今度、彼女に手紙を書く内容は、決めていた。僕は早速、返事のペンを進めた。

みっこへ
お元気ですか?
九州は、桜の花は散って、新緑の季節を迎えようとしています。
東京は、いかがですか?
今日、先ほど、阿蘇から帰ってきました。
三日間のオリエンテーリングがありました。
地獄でした。慣れないのと、どんどん詰め込まれたので、とても眠たかった。
ただ、一つだけ、僕が感動した話をします。

最後の日に卒業された先輩の講演がありました。先輩の話は、

【なんでもいいから目標を持て！】

ということです。

勉学でも、部活でも、恋愛でも、何でも良いのでとにかく、目標を持って学生生活を送ること。と話されました。

なので、僕は、目標を立てました。

来年の夏休み、一七歳の誕生日に、東京まで、自転車で、みっこに会いに行く！

いかがでしょうか？

今から、しっかり計画して、
必ず、目標を達成します。

楽しみにしてください。

簡単ですが、この辺でペンを置きます
じゃーね！

大石文雄

ＰＳ
報告です。

頂いたランプ、灯りが灯りました。

毎朝、机の上の、みっこの写真に、

「おはよう！」

と、声をかけることを日課にしていた。それから、カレンダーの日付を、赤いマジックで、消していく。カレンダーの日付の下には、自転車で東京へ出発するまでの日数を書き込んでいる。目標を立てて既に一年が過ぎた。梅雨の真っただ中の六月の日曜日。今日でちょうど、出発まであと三〇日。朝からラジオをＯＮにして、ＢＧＭにマヨネーズの会社がスポンサーの番組を聴きながら、机の上に新しく買ってきた道路地図を広げた。地図を見るのが大好きで、ずっと、九州から東京までの走行ルートをあれこれ考えていた。幸い地図の記号、道路の種類、地図上の高さ等、ある程度のことは、なんとか理解できる。

今計画しているルートは、一日でも早く、僕の街から、みっこの住む東京へゴールできる最短距離。一日でも、一時間でも、一分でも、早く、みっこに会いたい。

僕が住む町は、九州の北部、瀬戸内海に面した田舎町。福沢諭吉の生まれた場所というより、鶏の唐揚げで有名な中津の近く。机いっぱいに地図を広げて、色鉛筆で僕の街と、みっこが住む街、東京に赤くポイントを書き込む。そしてタコ糸を、東京までの道路に当てて定規で距離を測る。

地図をパッと見て、常識で考えれば、僕の住む町から国道一〇号線を北上して、北九州まで行って関門トンネルを通り、広島、岡山、大阪、京都、名古屋、浜松、そして、箱根を越えて横浜、東京に着く、国鉄の寝台特急で東京に行くルートが一般的。このルートを、タコ糸をあてて地図で測ると、一〇〇〇キロくらいになる。時速二〇キロで走って、一日に一〇〇キロの走行距離の計算をすると一〇日ほどかかる。

そこで僕は、もっと近いルートを考えた。

それは、僕の街から北九州とは反対に、国道一〇号線を大分県別府の方向へ下って、別府から愛媛県の八幡浜へ渡り、四国を横断して徳島から紀伊半島和歌山に渡り、今度は紀伊半島を横断、そして三重県の鳥羽から伊良湖へ渡る。そのあと浜松から国道一号線を上り、箱根を越えて東京に到着するルートに目を付けた。途中、四国、紀伊半島、伊良湖へは、フェリーで渡る最短距離のルート。タコ糸で測った走行距離、約八二〇キロ。寝台列車のルートと比較して約一八〇キロ短い。

もうこれしかないと決めた。一日の走行距離一〇〇キロで少し頑張れば、八日あれば、みっこの住む街東京へ到着できる。

決行は、七月二〇日。夏休みがスタートする日。まもなく一年半ぶりにみっこに会える。

僕の心は、早くも東京へ飛んでいた。

七月二〇日。午前六時。全ての準備は整って、出発の朝を迎える。天気は、雨。今年の梅雨は、なかなか明けない。いつもの年だったら夏休み前に梅雨明け宣言が出される。しかし今年の梅雨はしつこい。まだしばらく雨は、続くようだ。

お袋に一言、

「行ってくるよ」

と、声をかけた。親父は、昨日の深酒でまだ夢の中らしい。

「あのね。昨日の夜、父ちゃんが心配してフミに、〝汽車で行けって〟って言って、このお金を渡されたとよ。でも、フミは、聞かんと思うよと、答えておいたと」

と、お袋は言いながら、僕にお金の入った封筒を差し出した。開けると二万円入っていた。僕は、

「ありがとう。父ちゃんには、俺が、喜んどったと言うとって。ずーっと小遣いとか、バイトして、三万くらいは持っとるけど、少し不安やったと。野宿するつもりやけど、こげん雨が降ったらできんかもしれん」

「父ちゃんには、ちゃんと言うとくけど、何かあったら、すぐ電話しなさいよ」

「分かった、分かった」

僕は、これ以上、お袋と話しても長くなりそうだったので、出発することを決めた。

「じゃー、行ってきます！」

お袋は、まだ不安そうな顔をしていた。

「絶対、連絡しなさいよ！」

僕は、お袋の言葉に少しだけ頷いて、雨の中、みっこの住む東京を目指してペダルを踏み始めた。

正午過ぎ、別府からフェリーで、四国、愛媛県八幡浜へ渡った。下船した時刻は、午後三時を過ぎている。地図を見て、日が落ちるまでには大洲市までたどり着こうと考えた。途中、夜昼峠という標高三〇〇メートルの峠がある。初めての峠越えになるが、走行距離で二〇キロはない。日が沈む前の五時くらいには到着できると計算をした。幸い雨は小降りで走行には支障ない。国道一九七号線を大洲目指してペダルを踏み始める。

八幡浜を出て、半時間ほど走ると、夜昼峠を示す国道の標識が出てきた。少し休憩を取ろうと思い、標識下の道路横のバス停の椅子に座って、水筒の水で喉を潤した。そのバス停で一〇分ほど休んでいると、「ボン、ボン、ボン」と音が聞こえてきて、トラックのようなボンネットが前に飛び出したバスが停車した。そのバスの前方の三角窓が開いて、運転士の方が、僕に話しかけてきた。

「お兄ちゃん、どこに行くの？」

「ハイ。大洲に行きます」

「え！　今から大洲まで？」

「えー、大洲までです」

「今から、大洲までやったら、夜中になるで。峠は、まだだいぶ先やし、暗ろうなったら、峠は、怖いで」

「そんなに、遠いんですか？」

「遠くはないけど、坂がきついから、大変やで。良かったら、このバス大洲まで行くんで、乗って行かんね？　乗客もおらんし料金は、いらんよ。サービスや。お接待や」

僕は、運転士さんの話は大変ありがたかったけれど、まだ初日で元気はあったので、自力で行くことにした。

「ありがとうございます。すぐに今から出ます。本当にありがとうございます」

「分かったよ。ほな気を付けて頑張ってな」

と言って、クラクションを（プー、プー）と鳴らしてバスは、また、ボン、ボン、ボンと音をたてて走り始めた。

僕は、すぐさま小降りの雨の中、大洲への道を急いだ。運転士さんの忠告がなかったら、距離はあまりないので急がなくても良いと思っていたが、とにかく、必死にペダルを漕いだ。しばらく一時間ほど進んで行くと、道は、少しずつ曲がりくねった上り坂になっていった。そして、上りの角度がきつくなってきた。仕方ないので、ペダルを漕ぐのを止めて押して上ることにした。時間の経つのは早く、もうすぐ午後五時。予定では大洲に到着予定の時間が迫っている。そして、山の日が沈むのはとても早く、辺りの木立は暗くなってきた。蝉もカナカナと鳴き始めている。バスの運転士さんの言った通りだ。僕は、必死に自転車を押した。しばらく一〇分ほど登って行くと、前方に小さなトンネルが現れた。そして道も平らになり、自転車に乗ってペダルを漕げるようになった。

（ヤッター!!）

ついに夜昼峠を越えて、僕は、スイスイと大洲を目指して山道を下って行った。雨は、だいぶおさまってきた。今日は、大洲で、宿を探すことにした。

大洲の街に入っていくと、町の中を流れる川に沿った歩道に、ずーっと向こうまで灯りのともった提灯が下げられ、その下を番傘を差して浴衣を着た女の子たちが、楽しそうに話しながら歩いている。

僕は、立ち止まってその女の子たちを見ていたら、ふと、頭の中に、みっこのことが、浮かんできた。あと何日かしたらみっこに会えるんだ、そんな気持ちになっていた。

〝キッキッキー〟

そんな僕の横に、郵便配達のカブが、けたたましくブレーキの音をたてて止まった。

「お兄ちゃん、サイクリング？」

「そうです。九州から来ました」

「そう。良いねー。どこまで行くの。目的地は？」

「東京です。今日出発しました。まだ一日目です」

「え、今日、九州から来たの？　東京行くのになんで大洲にいるの」

「えー、今日です。近道しようと思って別府から八幡浜に渡りました。途中、夜昼峠がきつかったけど、無事、さっき大洲にたどり着きました」

「夜昼、大変やったやろ。よう来たな」

「すみません。野宿するつもりで、来たんですけど、雨で野宿の場所を探すのも面倒なんで、宿を探しています。安く止めてくれる宿ありませんか？　お金もたくさん持っていないんで、泊めてくれるだけで良いんですけど」

僕は、図々しくヘルメットをかぶっている郵便局員の方にお願いした。すると、

「泊まって、食事がついて二〇〇〇円くらいならいけると思うけど」

「そうですか。泊まるだけで良いんで、一五〇〇円くらいの宿はないですか？　食事は、パンか何か買って食べますから」

僕は、本当に図々しく、初めて会った方に交渉をした。

「よっしゃ！　俺が親戚の、おじさんの宿に交渉してみる。今からすぐ行くから、バイクの後ろをついてきて」

「ありがとうございます。よろしくお願いします」

「すぐ近くやから、遅れんようについてきてな」

と言った瞬間、バイクはブーン、ブーンと音をたて、そして青白い煙を吐きながら走り出した。僕は、そのバイクの煙の後ろを、遅れないように必死にペダルを漕いだ。バイクは五分と走らないうちに、鍛冶屋の表看板前で止まった。郵便局員の方は、鍛冶屋の中にさっさと入っていった。と、思ったら、すぐに引き返してきて、僕に親指と人差し指で丸を作って、ＯＫサインを出してきた。

「ＯＫよ！　ここは、俺のおじさんの鍛冶屋や。一五〇〇円で晩飯と、朝飯も付けてもらった。昔から、鍛冶屋をしながら、四国のお遍路さんの宿も一緒にやってるから心配せんでも良いよ」

「本当に、ありがとうございます。助かります」

「これも何かの縁よ。俺も若い時は、ヒッチハイクとか、自転車で旅をして、行く先々でたくさんの人にお世話になったんだ」

と、言いながら、郵便局員さんは、ヘルメットを外して頭のてっぺんをかきながらそんな話をしてくれた。お顔は、若いと感じていたが、少々、頭のあたりの髪の量が少なく、かなりの年配の方と分かった。そう分かると、僕のような若造に大変親切にしてくれて申し訳ないと、つくづく感じた。

「あとは、宿に入って、ゆっくり休んでくれ。ここでお別れだ。明日からも気をつけてな」

「ありがとうございました。明日からも頑張ります」

僕が、一言、礼を言うと同時に、郵便局員さんは、先ほどと同じように、バイクのエンジンをブーン、ブーンとふかして、青白い煙を吐きながら川筋の方へ走って行った。

紹介された宿は、とても快適だった。宿泊費が安いだけでなく、食事も美味しく、和室の部屋もきれいで、とても快適な旅の初日を過ごさせて頂いた。僕は、床に就くと、すぐに深い眠りの世界に入って行った。

二日目の朝。良い宿を紹介してくれたお陰で、昨日の疲れもどこかに忘れてしまったような清々しい朝を迎えた。そして、朝食を終え、ちょっと女優の八千草薫さんに似た女将さんの見送りを受けて大洲をあとにした。ただ、今日も、雨の中を進まなければならない、そんな空模様だ。

　本日の行程は、松山、新居浜、川之江を通り、できれば日が暮れないうちに愛媛県をあとにして、徳島県に入りたいと考えていた。雨は、午前中、そして午後しばらく三時くらいまでは、それほど激しくはなかった。しかし川之江を過ぎ、午後四時を過ぎたくらい、徳島県の県境に差し掛かったところで、また、激しい雨にあった。一つ峠を越えて徳島県に入ろうとした時である。自転車のハンドルに、愛用のラジオを紐で固定して聴きながら走っていると、ラジオに時々、「シャッ、シャッ」と、雑音が入る。これは落雷が近づくと、はっきりと聴こえる。雨も激しく降り、落雷の雑音も間隔が短くなり、頻繁に聞こえるようになった。

　僕は、その雑音が聞こえる度に、怖くなってくる。学校の授業で高い電圧が物を破壊するほどの強さがあることを実験で教わった。正直、雷は怖い。ラジオの「シャッ、シャッ」音の間隔が短くなってきた。雷が、すぐそこまで近づいてきている。僕は、休むことにした。ちょうど、走る方向の反対車線にガソリンスタンドの看板が見えてきた。いつもだったら、走る方向に休める場所を見つけて腰を下ろすが、雨がひどく降っていることと、雷の雑音に怯えていたので、そのスタンドで休むことにした。

対向車線に車が来ていないことを確認して、ハンドルを右に切った。スタンドの屋根の下に自転車を留め、事務室に、一言、休憩させてほしいと、お願いをしようとした。

「すみません。少し、休……」

その瞬間、（ドーンッ）と、物を破壊するような落雷の音と、一瞬の光が走った。と、同時に、辺り一面の電灯の明かりが消えた。近くの民家や、看板の明かりも消えている。

スタンドのスタッフの方が、僕を心配して、

「大丈夫ですか？」

と、聞いてきた。

「大丈夫です。ちょうど、ここで休ませてもらおうと思って、扉に手を掛けた瞬間だったので、びっくりしました」

「良かったです。どうぞ、中で休んでください」

「ありがとうございます。少し雨が止むまで休ませてください」

「どうぞ。ゆっくりしてください」

と、大変親切にしてくれた。

僕は、九州から来たこととか、東京に行く途中の話とか、ありきたりの話をしていた。

そんな話をしていると、事務所の中で一緒に休まれていた作業服の方が、

「今日は、どこで寝るの？」

と、今日の泊まりの予定を聞いてきた。

「実は、野宿をするつもりで走っていますが、この雨で場所が見つかりません。昨日も、愛媛の大洲で夕方、雨の中を走っていたら、通りがかったバイクの郵便局員の方が、近づいてこられて、いろいろ質問されたんです。そこで僕が、雨で泊まる宿を探しているとお話ししたら、僕についてきてと言われて、その通りバイクの後をついて行きました」

「その郵便局員の方の家に泊めてくれたんですか？」

と、作業服の方から質問された。

「いいえ。その方が連れて行ってくれたのは、その方のご親戚の民宿でした。四国のお遍路さんが利用される宿で、鍛冶屋をしながら民宿も兼ねている宿です。大洲には、そんな宿が、何件かあると言われました。郵便局員さんは、私の事情を説明してくれて、安く泊めて頂きました」

「いくらで？」

「二食付きで、一五〇〇円です。とても快適でした」

「それは、安いですね」

「私も、初日で、どこで野宿して良いか分からないので、大変助かりました」

と、昨日のことを、作業服の方に話した。

すると、

「今日は、うちに来ませんか？」

と、その方が、突然、言ってきた。続けて、

「うちは、温泉旅館をやっていて、実は、今日、団体のお客さんが入る予定だったんです。二〇名ほど。しかし、この大雨で全部キャンセルになりました。一五〇〇円で良かったら泊まりませんか？　料理も、団体さんに出す予定だった料理がありますから、ご馳走しますよ」

「え、それ本当ですか？」

「これも何かの縁でしょうから、お接待のつもりでサービスしますよ」

「ありがとうございます。では一五〇〇円でよろしくお願いします」

僕は、四国の人は、なんてみんな親切な人たちなんだろうと感心して、一五〇〇円にこだわってお願いした。

雨は、少し収まってきたが、ガソリンスタンドと、その周りの家々は、まだ停電している。温泉旅館の方に、宿泊先までの地図を描いて頂いた。

「まだ、ゴロゴロなっていますから、もう少し様子を見てから走ります」

「承知しました。私は、先に帰って旅館の者に言っておきますから、雨が上がったら気を付けて来てください」

「本当にありがとうございます。一五〇〇円でよろしくお願いします」

僕は、また、一五〇〇円にこだわってお礼を返した。

旅館の方が戻られて三〇分ほど経ってから、やっと雷は、収まったようだ。ただ雨は、小降りで止みそうにない。時間も午後六時を過ぎて、山間の道は、既に暗くライトを点けないと走れない。付近の停電は解消され、少し前から点灯し出した。

僕は、ガソリンスタンドの方に、

「ありがとうございました。旅館へ今から走ります。五キロぐらいと言われていましたので、三〇分もかからないと思います。雷さんのお陰で、旅館の方にお会いできて助かりました。それでは、出発します。本当にありがとうございました」

「良かったですね。旅館には、温泉もあるし、料理も美味しいと思います。気を付けて東京まで走ってください。これを持っていってください。お接待です」

と、言われて、スタンドの方からキャラメルを頂いた。

「ありがとうございます。では、これで失礼します」

僕は、小雨の中、ペダルを踏み始めたが、皆さんの優しさに、なんとも言えない温かいものを感じた。

泊めて頂いた旅館は、本当に僕一人しか、宿泊していない。料理も、肉、魚、他に盛りだくさんで食べきれない。温泉は、外に階段を下りて行って、旅館のすぐ横に流れている川が見える場所にあった。湯煙の立つ窓から川の流れる音が聞こえるが、雨のせいで音が大きく感じた。

僕は、生まれて初めて、こんな立派な旅館に泊めてもらった。一拍一五〇〇〇円は、とっても安いと思うが、まともに泊まったら、あの料理でいくらくらい払わなければならないのか？　そんなことを思いながら、夢の中に入って行った。

泊めて頂いた徳島の県境の宿は、池田町佐野という地名だった。その場所は別名、四国三郎と呼ばれる吉野川の上流で、翌日、徳島市までは、天気もそれほど悪くなく、快適な下り坂の旅路だった。午後三時過ぎに徳島港からフェリーで和歌山に渡った。夕方の五時過ぎ、下船してペダルを踏み始める、しかし、再び雨との遭遇。激しい夕立だ。宿を探したが、なかなか見つからない。土地勘もないので、雨の中見つけた「休憩一五〇〇〇円」と書かれた小さな看板の宿に飛び込んだ。

「すみません。サイクリングで、九州から来ました。ここは一五〇〇〇円で泊めていただけるんですか？」

と、エプロン掛けの年配の女性に尋ねた。

「よろしいけど、食事も何もありませんよ。ただ休んでもらうだけでよろしい？」

「ありがとうございます。泊めてください」

「ほな、一五〇〇円で明日まで休憩。先に払ってな」

と、女性から言われて、僕は、お金を払うと二階の部屋に通された。通された和室の部屋は、大きな布団が一つ敷かれていて、枕は二つ並べられている。その時、ここが、どんな目的の宿か理解した。僕は、宿の方に夕食に行くことを伝えて、近くの食堂に出向いた。見ると、近くには、似たような看板の宿がいくつかあった。そして食事を終え、部屋に戻る廊下で、他の部屋の入り口の前にスリッパが、二つ並んでいた。僕は、布団の上で横になって変な想像をしたが、とても疲れていて、知らぬ間に上下の瞼は閉じていた。

翌朝、雨は、上がっていた。そして和歌山をあとにして、紀ノ川に沿った国道二四号線を気持ちよくペダルを漕ぎ始めた。

七月二三日。僕の一七歳の誕生日。時刻は、ちょうど正午のサイレンが鳴ったばっかり。現在地、奈良県五條市。今回のルートの中で最も厄介と思われるコースを走る。

紀伊半島の中央に、高見山と呼ばれる山がある。標高一二四九メートル。その頂上のすぐ近くに、奈良県と三重県の県境を通る標高八九九メートルの高見峠がある。その峠を目指す。地図上では、五條から東吉野村を過ぎ、約四五キロの走行距離。国道一六六号線、ちょっとした山登りルート。地図には、伊勢街道と書かれている。昔のお伊勢様を目指すルートを走って、三重県の伊勢志摩、鳥羽を目指す。

五條の町中の小さな食堂で、昼食をうどんで済ませる。食堂のおばちゃんに、高見峠までの道を尋ねた。するとおばちゃんは、

「え、今から峠を越えはるの？　止めとき。あんた、死ぬよ。こんな雨、降っとるし」

と、真剣な顔で僕に返してきた。

「なんでですか？　ここからでしたら、約五〇キロで、普通に走っても、三時間もあれば行けるでしょ」

と僕が、少し関西なまりをまねて返すと、

「あんた、どっから来はったか知らんけど、大変な道やで。車もよう通らんし」

「でも、地図には、国道一六六号線て書いていますよ。そんな大変な道なんですか？」

「あんな道、国道やない。舗装もしとらんし、車も二台通れん。ほんと、止めとき」

「でも、ここまで来たら引き返せませんから、行きます。なんぼですか？」

「うどん、一五〇円やけど、一〇〇円にまけとく。気ー付けて行きーな」

「いろいろ、ありがとうございます。すみません。頑張って峠を越えてきます」

僕は、関西のおばちゃんの忠告をありがたく感じて、峠を急ぐことにした。五條から東吉野村までは、普通の舗装された国道。少しスピードを上げて午後二時までには峠の登り口に到着した。地図上では、ここから峠まで一五キロ。峠までの標高差は分からないが、八九九メートルの高さを目指すことには変わりはない。頑張るしかない。雨は、止むことなく降り続いている。

山道の国道一六六号線。道の両側は、杉林がずっと続いている。食堂のおばちゃんの言った通りで、国道とは名ばかり。道幅は、車二台は通れない。所々に、車が離合できる場所はある。そして、舗装もされていない。本当に、国道とは名ばかり。

登りの道に入って、最初、五キロくらい行ったところまでは、ペダルを漕いだり、降りて自転車を押したりして進んだが、登りの傾斜がきつくなったので押して登ることにする。まだ峠まで、一〇キロ近くはある。雨は、容赦なく降り続いて、轍《わだち》になっている道の両側を川のように、上から流れてくる。幸い、対抗の車はなく、堂々と狭い国道の真ん中を、愛車を押して進んだ。

登り始めて二時間ほど過ぎても、上り坂は続く。まだ午後四時過ぎくらいだが、杉林に囲まれた山間の暗さは、既に夜。時々、木陰からザワザワと物音が聞こえ、木立の向こうから、「カ〜カ〜」とか「ギャー」とか鳴き声が聞こえてくる。僕の不安な気持ちは、ますます掻き立てられる。

(食堂のおばちゃんの言うことを、聞いとけば、良かった。国道一六六号線とか書いているけど、これ国道じゃない。騙された。

でも、ここまで来たらもう引き返せない。どうしようもない。仕方ない)

そのような不安を掻き立てていると、前方から一台の軽三輪が、ライトをつけて走ってきた。僕は、自転車を邪魔にならないように、道の横に寄せて、車が通り過ぎるのを待った。軽三輪は、僕に気が付いたらしく、少しスピードを緩めて、僕の前で止まった。車には、若い男の方が二人乗っていた。

「サイクリングですか？　どちらから？」

「九州からです」

ただ一言だけ話して返したが、人と会えて話をできたことが、少し嬉しかった。ホッとした。

「えー、九州？　どこまで行く予定？」

「東京です」

「東京行くのに、なんでこんなところ、走ってんの？　もっと上の方、走ったらええのに」

と、聞かれて、なぜか答えるのが、面倒くさくなって、

「すみません。高見峠はまだ先ですか?」

「そうやなー。あと、二キロくらいやな。そんなにかからんと思うわ」

「ありがとうございます。助かります。だんだん暗くなって、何か出そうで、怖くなっていました。あと二キロくらいなら、なんとか頑張れそうです」

「そんなに怖がらんでもええのに。お化けは出らんけど、クマは出るかもしれんよ」

「え、クマですか?」

「冗談。昔は出よったらしいけど、今は、出らんよ」

と、ずっと黙っていた、もう一人の方が、真面目に答えてくれた。

「ありがとうございます。クマが出たらいかんので、先を急ぎます」

と、人に会えて話ができたことで、気持ちが少しホッとして、冗談で話を返せた。

「じゃー、頑張ってね」

二人は、快く励ましてくれて、坂道を下りて行った。僕は、少しだけ気持ちが緩んで、再び自転車を押し始めた。

つづら折れに続く山道の国道一六六号線をしばらく一時間ほど上り続けて行くと、道の両側の杉木立の上空が、明るくなり始めた。

時刻は、まだ午後五時半過ぎくらい。登り始めて約三時間半。雨は、止むことはないが、空の明るさは、道の両側の杉木立が低くなり、頂上に近づいていることを教えてくれた。

午後五時四五分、とうとう、標高八九九メートル、高見峠に到着した。

高見峠に案内板があった。峠から北の方角に高見山が見える。周りに続く山尾根は、高見山の頂上だけが高く飛び出ている。

高見山。標高　一二四九メートル。

高見峠。標高　八九九メートル。

一七歳の誕生日に、大変良い経験をプレゼントしてくれたと思いたい。地図を開いて、国道という表記を信じて何の疑いもなく自分で決めた。登り始めて約四時間半、大袈裟かもしれないが、こんな不安と恐怖は、生まれて初めて経験したこと。引き返すか、このまま行くか？　食堂のおばちゃんの顔と言葉が、浮かんでは、消えて、自転車を押しながら、本当にどうしようか迷った。この時、僕の気持ちの中に一つだけ、今、みっこの住む街、東京に近づいているという思いが、挫けそうな弱気な自分を励ました。

峠であまり休む時間はない。雨は、まだ降り続いている。今日も宿を探すしかない。峠から二〇キロほど下ったところの、飯高町森という町まで急ぐことにする。峠を越えているので、あとはずっと下り坂。ほとんどペダルを踏むことなく、スピードを出し過ぎないように、カーブに気を付けてハンドルを操作する。

雨の中、姿を見せないお日様は、高見峠の向こう、奈良県の方に沈んでいるようだ。午後七時、飯高町森に到着。既に暗く、町の中は、所々に屋号の書かれた看板にぽつぽつと明かりがともっている。今日は、その看板を頼りに、宿を探すことにする。

町に入ってすぐに、「旅館」と書かれた看板を見つけた。早速、その旅館で、九州から自転車で来たとか、東京まで行く途中とか、いろいろ事情を説明して交渉を開始する。すると、角刈りで真っ白な頭の、かなり年配のおじさんから、

「分かった。たいしたご馳走はないけど、負けて一五〇〇〇円でどないや？」

と、一五〇〇〇円の先手を打たれた。

「すみません。一五〇〇〇円でお願いします」

「よっしゃ、一五〇〇〇円でゆっくり泊まっていって。もう七時過ぎてるから、すぐご飯食べて。片付け、おそうなったら嫌やから。それと、お金は先にもらうよ」

「分かりました。すぐご飯お願いします。それと、すみません。僕、今日、二〇歳の誕生日なんで、ビール一本ください。それも先に払います」

「よっしゃ、ビールも少し負けて、合計で一八〇〇〇円で良いよ。おめでとうさん」

申し訳ないが、旅館の方に嘘をついてしまった。今回の旅行に行く前から、一七歳の誕

生日は、ビールで祝うことにしていた。旅館の方も何も疑う様子でもなく、快くビールを出してくれた。時々、友達と親に隠れてビールを飲むことはあった。

二〇歳ではなく、一七歳の誕生日に頂いたビールの味は、今日あったことが、いろいろ思い出されて少し苦く感じたが、とても美味しかった。

九州を発って五日目の朝。目覚めると、昨日のことは、もう頭の中から、どこかへ飛んで行った。雨も上がって曇り空の中、ペダルを漕ぎ始める。お日様も出ていない。それほど暑くもない。今日のルートは、昨日と違ってずっと、下り坂。快適に走れそうな予感がする。

宿を午前八時に発って、松阪には、午前一〇時くらいに到着。その後も伊勢を経由し、鳥羽の伊良湖岬行きのフェリー発着の港まで、雨にもあわず順調に走行した。港には、正午過ぎに到着した。

港の売店で、昼食のコッペパンとジュースを買ってきた。フェリーの出発まで、まだ一時間ほどあったので、パンを齧りながら、一緒に買ってきた絵はがきを書き始める。宛先は、親父とお袋。なんて書いて良いか思いつかない。簡単に近況だけ書いてポストに投函した。

父ちゃん、母ちゃんへ
今、三重県の鳥羽に来ています。
真珠の養殖が有名な町です。
元気です。
東京に着いたら、また、連絡します。
文雄
七月二四日

伊良湖岬までのフェリーの中で、愛車の点検を始めた。今日の下り坂の走行中、少しペダルの動きがおかしくなった。滑るというか空回りというかペダルを踏んでいて、回転がおかしく感じた。しかし、素人の目には、どこが悪いのか分からない。伊良湖岬に到着して、走ってみて、まだおかしければ、自転車屋に行こうと考えた。

伊良湖岬に到着。残念なことに、雲が低く雨模様に変わってきた。また、雨か。五日連続、雨と遭遇。

伊良湖港から国道一号線まで、また、雨の中、ペダルを踏み始める。やはり、少しだけペダルの回転が気にかかる。時間が経つにつれて雨足は、強くなってくる。梅雨の末期なのか、雨足はさらに強くなり、前方が一面白く覆われ、視界が取れない。また、ラジオの音声に「シャッ、シャッ」という音が入り出した。

間隔も短くなってきた。雷様だ。一時間くらい進んだところで通り沿いに農機具を販売しているお店があった。そのお店の事務所のスタッフの方にお願いして、休ませてもらうことにした。ずっと雨にあっているため、僕の恰好は、見た目が大変汚い。ホームレス風に服装はヨレヨレになっている。

「すみません。雨宿りさせてください」

事務所のガラス戸を開けて、事務作業をされていたスタッフの方にお願いすると、最初、とても怪訝な表情をされた。

「中に入ってもらっては、困るから、そこの軒先で休んで」

と、言われた。自分でも、最初から中に入れてもらうつもりはなかったが、その表情がとても冷たかったので「分かりました」とだけ言って、軒先の雨の掛からないところに腰を落として、休ませてもらった。少し、辛い気持ちになった。四国の方からの温かいお接待を思い出した。

湖西市までは、まだ二〇キロはある。ここでずっと休んでいるわけにはいかない。少しでも進んで今日中には、湖西市までは行きたい。軒先から落ちてくる雨粒は、一向に小さくはならない。時刻は、午後三時を過ぎている。僕は、進むことを決めた。雨は、降り続いているが、雷は、鳴っていない。大丈夫だと判断した。事務所のスタッフの方に、

「ありがとうございました」

と、お礼を言ったが、何も言葉はなく、目も合わせることもなくピョコッと頭を下げられた。

雨水を吸って、衣服も荷物も重い。そして僕の心も重い。仕方ないけれど、ペダルを漕ぎ始める。やはりペダルの回転がおかしい。左のペダルが下から上に回ってくる時に、少し遅れてくる。今日の山下りの時に気付いたが、その時よりも遅れが激しい。

そろそろ自転車屋が、見つかってほしい。

一〇キロほど走るとペダルの遅れは、ますますひどくなった。すると、突然、

「ガルッ」と音がして、左のペダルが空回りし出した。僕は、バランスを崩して、危うく転びそうになる。

自転車を止めて、道路脇の建物に自転車を立てかけ、左ペダルを、手で回してみる。全くの空回り。原因はペダルを取り付けているクランクと左右のクランクを連携しているシャフトの取り付け部分が壊れているのが、分かった。とにかく、修理するために自転車屋を探すことにする。また雨の中、自転車を押さなければならない。今日は、朝からとっ

てもいい日と感謝していたが、午後からは、昨日の午後と同じく最悪だ。これも試練か。三〇分ほど進んだ。一軒の自転車屋を見つけた。店には、丸眼鏡をかけた白髪の年配の方が一人だった。

「すみません。これ見てくれませんか？　左側のクランクが壊れたみたいです」

「どーれ、どれ。あっ！　これいかんな。こんな自転車で、よう来たな。お兄ちゃんは、どこから来たの？」

「九州からです。東京まで行きます。今日で五日目です」

「九州から来たって、五日でここまでよう来れたね？」

僕は、答えようと思ったが、面倒くさくなって、

「これ、直りますか？」

と、肝心の自転車修理の話に切り替えた。

「直らんことはないよ。左側のクランクを締め付けるところにひびが入ってスカスカで空回りしてる。壊れているのは左やけど、バランスとるのに、両側取り換えないかん」

と、言われた。

「すぐ、直りますか？」

「えっ、すぐは直らんよ。部品を取らんといかん。その辺にあるものを探して直すことも

できるけど、会うものがすぐには、見つからんよ。早くて、明後日。どうしますか？」

少し投げやりに言われた。

「明後日ですか？　料金はいくらですか？」

「そうやな、だいたいで良いなら四〇〇〇円くらいやな」

「四〇〇〇円ですか。どうしようか？」

「直さないと、東京まで、よう行かんよ」

「そうですね」

僕は、お金のことと、東京に行き着くまでの時間を考えた。

今、残金は三万五〇〇〇円くらい。東京で行動する費用、東京から帰る交通費、今から電車で東京に行くまでの費用をざっと計算すると、ちょうど足りるくらいの計算になった。

今、ここで自転車を修理した場合、修理費用と、明後日までの宿泊費用で、最低一万円くらい必要になる。そして到着が二日遅くなる。どうしようか？　また、ハムレットだ。

僕は、どうしようか迷いながら、なぜか、自転車屋の丸眼鏡の白髪の方に九州を出発してから今日まであったことを話し出した。四国の旅館のこと、高見峠のこと等、夢中でその丸眼鏡の白髪の店主に話をしていた。

僕の話をじっと聞いてくれていた彼は、やおら訥々と話し出した。

「良う、頑張ったね。それだけで十分じゃないか。わしらは、あんたぐらい若い時戦争に行っとったよ。わしは、帰ってこられたけど、仲間で帰ってこられんかった奴、何人もおるよ。わしは、帰ってこられたんで、好きな自転車いじりを今までずっとやっとる。でもな、帰ってこれんかった奴は、まだ、したかったこといっぱいあったと思う。あんたまだ若いし、今日、諦めて止めても、またいつかやれるよ。その時に、やる気持ちがないとあかんけどな。

話、聞いとったらあんたは、やれるよ。そん時、また、頑張れば良いじゃ」

僕は、丸眼鏡の白髪の店主の話を黙って聞いていた。しばらくの沈黙の後、僕は自分を納得させ、一呼吸して、

「ありがとうございます。決めました。自転車を九州まで送り返します。東京へは、友達と会う約束をしていますので、電車で行きます」

「うん、そうか。わしは、もうからんけど、また来たときは、よってくれな。待っとるよ」

「ありがとうございます。また、来れたら、その時はよろしくお願いします」

僕は、みっこに早く会える気持ちの方が勝ったと、少し後悔したが、よくここまで来たなと、自分を褒めた。そして、その丸眼鏡の白髪の店主にお礼を言い、また近くの宿を紹

介してもらった。

翌日、その宿を出て、一〇キロほど自転車を押して、浜松に近い、国鉄の新居駅に向かった。正午前には、新居駅に到着。ここで、東京までの切符を買い求め、浜松で急行に乗り換えた。壊れた自転車は、国鉄のチッキで九州まで送り返した。

急行電車の車窓に広がる初めての浜名湖を見ながらも、目に映る景色は、あまり気持ちの中へ入ってこない。やはり少し後悔していた。途中、富士山も見えた。しかし、それも目に映るだけだった。

夏目漱石の『三四郎』の中に、三四郎が熊本から上京した時、

（東京は、どこまで行っても東京がなくならない）という一節がある。僕は、横浜から東京にだんだんと近づくにつれて、三四郎の気持ちになった。本当に東京は、どこまで行っても東京だった。

そんな僕を乗せた急行電車は、みっこの住む町、東京へ着いた。

一七歳の夏。東京着。僕は、東京で大学に通っている従兄に、下りたホームにあった公衆電話で連絡をした。

「もしもし、兄貴？　俺、文雄。今、東京駅に着いた。どうしたら良い？」

「今着いたんか？」

「そう。たった今着いた。九番ホームの上」

「分かった。俺、今から迎えに行くから、絶対、俺が着くまで、絶対、他のホームに行くなよ。そこを動いたら分からんことなるけん」

従兄からは、そのままじっとしているように強く言われた。

「分かった。どのくらいかかる？」

「今、ここ津田沼やけん、東京駅まで一時間もかからん」

「すんません。いっぱい人だらけで、どうしていいか分からんけん早う来て。お願いします」

「ちょっと我慢して待っとってくれ」

僕は、次々に来る電車から降りてくる人の多さに酔いそうだった。一時間もこの人の中にじっとしているのは、とても苦痛だった。

「おーい！　文雄！」

一時間ほどして、従兄は迎えに来てくれた。僕はほっとした。従兄に会って救われた気がした。

僕は、迎えに来てくれた従兄の後ろを何も分からず遅れないように付いて行った。東京の人は、みんな歩くのが、とても速い。東京駅構内の長いエスカレーターに乗って深く深く下まで行って、電車に乗り換えたりして、無事、千葉県の津田沼の従兄のアパートに到着した。一時間もかからなかった。そのアパートは、真横に京成の電車が通っている。従兄は、戸建ての一室を三人で間借りしていて家賃も安く、電車の音に慣れれば住めば都で快適と話していた。僕もその部屋で、電車が通る〝ガッタン、ガッタン〟という音には、すぐには慣れなかったが、泊めてもらったお陰で、ゆっくり、この数日の旅の疲れを、少しずつ取ることができた。

東京の朝は、早い。新聞配達のアルバイトをしている従兄が、早朝四時半、ゴトゴト物音をたてて出て行った。窓の外、空は、既に明るかった。僕は、まだ少し眠たかったので従兄が出て行くのを黙って見送って、また、深い眠りについた。

従兄は、新聞配達を終えて帰宅しても、また、アルバイトに出て行った。お盆前で、百貨店の配送の仕事らしい。時給を聞いて、びっくりした。九州の二倍はある。時給四〇〇円。僕も、東京でバイトをしたくなった。しかし、東京に来る旅費を計算したらあほらしくなった。安くても九州で良いか。

僕は、正午前まで、眠っていた。この何日間の疲れがたまっていて、すぐには起きられない。起きて顔を洗った後、即席ラーメンを見つけて、作って腹を満たした。まだ少し足らなかったので、パンか何か買いに行こうと思い、出掛けることにした。そしてそのついでに公衆電話を探すことにした。しばらく歩いて行って、駅の近くの商店街で買い物を済ませ、公衆電話を見つけてみっこに電話をかけた。

「もしもし、大石と言います。みつ子さん、いらっしゃいますか?」

「大石文雄さん。お元気ですか? 今、どちらですか?」

と、まず、お母さんが、電話を取られた。

「ハイ、大石です。元気にしています。昨日、東京に着いて、今、従兄の津田沼のアパートにいます」

「え、今、津田沼? …………」

「フミ君、ごめん。お母さんが、何かいろいろ聞いていたみたいで。もうこっちにいるの?」

と、みっこは、お母さんの電話をすぐ取り上げて、話を始めた。

「そう。予定では、明日二七日か、明後日に東京の予定だったけど、いろいろあって早くなったんだ。詳しいこと、会ってから話すよ」

「分かった。私、二九日の金曜日が空いている。お母さんが、フミ君、家に来てほしいって。良いかな?」

「え、家に? 恥ずかしいよ」

「来るよね。大丈夫。何もないから」

「分かった。お邪魔するよ」

僕は、少し恥ずかしいと思ったけれど、一度、体育祭の時にお会いしていたので、了解した。公衆電話なのであまり長く話せない。電話は話の途中で切れた。一〇円硬貨を数枚用意していたが、意外と早く電話は切れた。東京に来ても、彼女はまだ少し離れた場所にいることを感じた。

約束の金曜日。電車を乗り継いで立川に着いた。東京は、やはりどこまで行っても東京だった。田舎者の僕にとっては、目に映る全てが同じに見える。ただ、ただ同じ建物が、何度も、何度も繰り返して現れているように思えた。

立川に到着した時間は、約束の一一時を三〇分以上遅刻した。新宿駅が広くて乗り換えの中央線が分からなくて、あっちへ行ったり、こっちに行ったりして、予定の快速に乗り遅れた。結局三〇分以上遅れたけれど、みっこは、待っていてくれた。

「ごめん。遅くなって。普通の電車に乗ってしまった。こんなに遅くなるとは、思わんかった。本当にごめん」

「良いよ、そんなこと。よく来てくれました。こんな遠くまで。それもチャリンコで。元気そうで、安心したよ。だけど、髪の毛、伸ばし過ぎじゃない?」

と、彼女は、僕の、肩近くまで伸びた髪の毛の長さのことを言ってきた。

「出てくる前に、切るつもりだったんだけど、時間がなくてそのまま。お母さん、変に思うかな」

「仕方ない。お母さん、お昼の用意してくれているから、すぐバスに乗るよ。早く帰らないと、その方が怒られる。さー行こう」

バスは終点で降りた。彼女の家までの道は、すぐ横を小川が流れている。水はきれいで、メダカが泳いでいる。とても東京とは思えない。九州の田舎と変わらない。

「ただいま。フミ君と一緒よ」

「すみません。お邪魔します。大石です」

簡単に挨拶を済ませて家に上げてもらった。

お母さんは、台所の方から出てこられて、

「お元気ですか？　どうぞ、何もないけどゆっくりしてってね。みっこ、冷蔵庫にジュース冷やしているから飲んで頂いて」

「すみません。急に来て申し訳ありません」

「お腹空いたでしょう。今、素麺を茹でているから食べてってね」

「本当にすみません。いろいろありがとうございます」

食事は、素麺をざるに盛って出された。そして横にサラダの皿があった。遠慮なく頂いたが、一つだけスティック状の薄い緑の野菜にびっくりした。初めて見る野菜。口に入れた瞬間、薬のような味と香りがして、うっとなりそうだった。それはセロリ。田舎者の僕は、こんな洒落た野菜は、レタスくらいしか食べたことがなかったのでその味と香りに圧倒された。食べ残すと悪いと思いマヨネーズをたくさんつけて、二口、三口と、我慢して口に入れてなんとか食べ上げた。

お母さんは、買い物に行かれた。気を使ってくれたみたいだ。

時間は、意地悪だ。止まってくれない。中学生の時、田舎の帰り道、いつものベンチに座って話していた続きをしているように、取り留めのない話を続けていたが、既に六時近くになっている。もう帰らないといけない。お母さんに、

「ありがとうございました。食事まで頂いてご馳走様でした」

「どういたしまして。また来てくださいと言いたいけど、遠いので、お元気でいてくださいね。無理されないでね」

「本当に、ありがとうございました」

僕は、お母さんに快く歓迎されたのが、とても嬉しかった。

バス停まで、みっこに送ってもらった。

「みっこ、本当に今日は、楽しかったよ。お母さんに優しくされたのが嬉しかった。また、今度いつ来られるか分からないけれど、何か機会を作って来るよ。もう自転車では、来ないけどね」

「フミ君。本当に自転車で来たんだね。最初は、冗談かと思ったよ」

僕は、歩きながら、また、しばらく会えないと思うと、少し感傷的になってきた。

「みっこ、手をつないで良い？」

「うん」

僕は、初めて、彼女の左手を軽く握った。

「あのさ。中学校の体育祭のこと、覚えている？　最後のダンスの時のこと」

「覚えている。私が、交代の順番を一人間違えて、フミ君の手前で終わったことでしょ」

「そう。あの時初めてみっこと手をつなげると思って、ヤッターと思ったけど、駄目だったね。ほんと、悔しかった」

「私も、ほんとに悔しかったよ」

僕たちは、手をつないでお互いに、あの時の悔しかったことを思い出していた。

〝ウォーン、ウォーン、ウォーン〟

突然、帰り道の小川で、聞き覚えのある鳴き声が聞こえてきた。

「え、ウシガエルが、鳴いてる。東京にもいるんだ」

「この辺、まだ田舎よ。カエルも鳴くし、虫もいっぱい。九州とあまり変わらない」

バス停が、すぐそこまでのところに近づいた。

「みっこ、まだ話したいことといっぱいあるけど仕方ないよね。もうバスに乗らなくちゃ。今度来る時は、少しバイトを頑張って、電車で来るよ。寝台列車の富士で来ようかな。一度、乗ってみたいんだ」

「それ、良いなー。私も、乗ってみたい。一緒に乗ろうか」

「え、みっこが、東京から乗って、僕が、九州から乗ってどうするの？　すれ違いだ」

と、僕は冗談で返した。しかし、その時みっこは、言葉を返さない。僕の手を強く握り返して、頭を僕の肩にもたげ少し上半身を寄せて立ち止まった。

「うん……」

彼女は、何か言いたそうだったけれど、それ以上の言葉は、返ってこない。

立川行きのバスは、発車を待つばかり。僕は、

「みっこ。また、来るから。お父さん、お母さんにもよろしくね」

と、言ってバスに乗車しようとしたが、彼女は、手を強く握ったまま放さない。僕も、このまま一緒にいたかったけれど、

「みっこ、ごめんね。じゃー、そろそろ乗るよ」

と、彼女に言うと、少しだけ頷いて、手を放してくれた。バスの中の乗客は、僕一人で、運転士の方は、僕が乗るのを待っていたようだ。バスが発車すると、みっこは、小さく手を振って別れの仕草をしてくれた。僕はずっとバスの窓からみっこを見ていたが、頬に温かいものが伝わってきて、目に映る彼女の姿は、だんだん霞んで小さくなっていった。

取り返したくても取り返せない時間は、瞬く間に過ぎていった。まもなく、五年間の学生生活の終焉の時を迎えようとしている。やり残したことは、数えたら切りがない。まだ物足りないが、良しとしたい。やはり一七歳の夏に、チャリンコで東京を目指し旅したことは、ずっと心の中にしたためていたい。

みっことは、四年生の春休みに再会した。休みの日にバイトを頑張って、寝台特急で上京した。チャリンコではない。

何度、再会しても話しても話しきれない。その時間は、あっという間に過ぎていく。止まってくれない。本当に時間は、意地悪だ。

再び会えた時のその喜びは、再び別れなければならない寂しさを倍増する。これも、仕方ない。

第三章

三月の風は、今日で終わり。明日は、真新しい四月の風を迎える。

私は、小倉駅で友人たちに見送られ、開通したばかりの新幹線で、大阪に向かった。明日から社会人、入社式。

私は、大阪に本社がある、建築設備関係の会社に無事就職できた。一流企業。両親もホッとしてくれた。本社での入社式の後、一カ月の新入社員教育を経て、福岡市の九州支店に配属される。

新幹線の車中は、新しく社会に旅立つ若者で満杯。小倉から新大阪まで、通路に立ちっぱなし。身動きもできない。トイレにも行けない。みんな考えることは、一緒。四時間ほどで新大阪に到着した。

降り立った大阪の地は、やはり九州の香りと何か違う。東京の香りとも違う。何か独特のにおいがする。

新大阪駅近くの安いホテルで、社会人として旅立つ前の一夜を過ごす。やはり大阪なので、ホテル近くのお好み焼き屋で、豚玉のお好み焼き、それと大阪でいう関東煮（おでん）で夕食は済ました。ビールも注文して自分で乾杯し、旅立ちを祝った。昨日まで、友人たちとほぼ毎日、送別会を開いてもらっていたので今日のビールは、一本で十分だった。半分くらい残した。

今日のビールの味は、ちょっと苦かった。ビールは、私に、

（世の中甘くないからな！　しっかりせっ！）

と、言ってくれているような気がした。

入社式の朝、天気は上々。地下鉄で切符を買い、生まれて初めて、改札員のいない自動改札に切符を差し込み、感動した。エスカレーターに乗ると、歩くというより小走りで進まなくてはならないことにイラッとした。とにかく大阪の何もかもが、田舎者の私には、子供のように新鮮だった。

全国から五〇名ほどの新入社員が本社に集まり、入社式を迎えた。大学、工業高専、工業高校等、出身学校は様々。入社式で社長が、

「うちの会社は、どこの学校を出ていようが、関係ない。みんなスタートは、一線。同じだ」

と、話された。私は、この一言で、この会社に決めて良かったと思った。とにかく、頑張るしかない。私は、四月一日、社会人としてスタートラインの一線に立った。

約一カ月の新入社員研修を終え、ゴールデンウイーク最後の休みの日曜日、配属先、九州支店のある福岡市に着いた。支店は、博多駅から、路面電車で二〇分くらいのところにあった。宿舎は、会社が用意してくれた支店近くの三ＤＫのマンションの一室。同期の新入社員と三名でシェアした。快適ではあったが、本社の研修のスケジュールで私が最後に支店に赴任したため、与えられた部屋は四畳半と大変狭く、それだけが不満だった。

いろいろなことが、立て続けにあって、しばらく、みっこと連絡を取っていない。手紙もひと月くらい書いていない。私は、公衆電話を探して、電話することにした。

「もしもし。福岡の大石です」

「大石さん。今、どちらですか？」

お母さんが、出られた。

「今日から、福岡です。就職しました」

「そうですか。ちょっと待ってね」

お母さんは、すぐ、みっこに替わってくれた。

「フミ君。連絡ないから、どうしたかなって心配してたよ。今どこ？」

「ごめん。今日から福岡。さっきラーメンと餃子で、夕飯をすました。美味かったよ」

「良いね。私、まだ夕ご飯食べてない」

「ごめん。ごめん。今度、ラーメンご馳走すると言いたいけど、無理か」

「できないことは、言わないで。そんなことどうでも良いから、住所、教えてよ」

「さっき手紙出したよ。着くまで待って。寮というか、マンションというか、会社が提供してくれている部屋に、今日、入ったんだ。四畳半。ベッドだけでいっぱい、いっぱい」

「それって、神田川の世界？」

「部屋は、神田川だけど、風呂もあるし、トイレも水洗。それと、女の子もおらん。みっこがいたら神田川に近づけるかな」

「フミ君、電話切るよ！」

と彼女が言った瞬間、本当に電話が切れた。公衆電話の一〇円硬貨が、なくなった。二〇〇円くらい用意しても、ボトボト落ちて、あっという間に終わってしまう。後の一〇円硬貨の用意もなかったので、諦めて部屋に戻り、九州支店への初出勤に備えた。

九州支店は、宿舎から歩いて二、三分のところにある二階建ての自社ビル。宿舎と支店が大変近いので、助かる。大阪の研修中は、近鉄や地下鉄電車で一時間ほどかかって本社に通った。

翌日、午前九時。遅刻せず、九州支店に初出勤。

少し年上の女性社員から、机の場所を指示され、簡単に業務上の注意を受けた。指示された机に座ったが、周りには、ほとんど社員は、いない。私の後ろの席に一人だけ女性の方がいて、ずっと黙って図面台に向かって、黙々とペンシルを動かしていた。その方の傍に行き、

「初めまして。新入社員の大石文雄です。よろしくお願いします」

「あ、初めまして。私、中村。よろしく」

と、簡単にそっけなく挨拶を返してきた。

「すみません。下のお名前は？」

「え、初めてで下の名前を聞くなんて早すぎるよ」

「すみません。今、何をされているんですか？」

「あ、これ、建築図面の裏トレース。詳細な図面を画くために、一〇〇分の一のスケールの図面を五〇分の一の図面に拡大しているの。それも裏から画いているの。解る？」

「スケールを拡大するのは解りますが、裏からってなぜですか？」

「うちの会社の仕事は、建築設備だから、建築図面はトレーシングペーパーに裏から画いて、あとで表から照明とかコンセントの設備図面を画くの」

「でもすごいですね。表の図面を見て裏の図面を、スケールを拡大して画いているんですか？」

「これ普通。一枚、画いてくれる。延ばさなくて良いから、コピーした裏図面をそのままトレースして」

「分かりました。やらせてください。ところで、どうしてこんなに人が、いないんですか？」

「みんな、現場に行っているの。大石君も、すぐにお呼びが掛かると思うよ。金曜日、土曜日にみんな帰ってくるから。ぞろぞろと変な人が、帰ってくるよ」

「本社には、設計の方とか積算の方とか、たくさん社員の方がいましたので、今日来て、誰もいないので不思議に思いました」

「九州は、人がいないから、設計も積算も現場も一緒。そんな、心配しないで、このトレースやってみて」

「はい。やってみます」

中村さんから頂いた初仕事は、熊本、阿蘇に計画されている大学の図面のトレースだった。これが私の社会人初仕事になった。しかし、出来上がるまでに二日間かかった。仕上がりも雑すぎて、中村さんから、

「これ使えないよ。線と線がつながってないよ。それと、このくらいの図面だったら半日、

かった。
三、四時間で仕上げてよ」
と、お叱りを受けた。図面の修正は彼女がしてくれた。使い物にはなったようだ。良かった。

このような日々を五月の終わりまで、何度も中村さんからダメ出しを受けながら、毎日図面トレースの日々を送った。

六月の最初の週の金曜日。現場からぞろぞろと、先輩たちが帰ってきた。会議があるため、全員揃う。中村さんが言うように、変な先輩がぞろぞろと現れた。若い人、少し怖そうな人、ちょっとダンディーな方、普段、誰もいない机が満杯になる。中村さんが、私に、

「今日、会議終わったら、貴方の歓迎会をするって、サカナちゃんが、言ってたよ」

「え、サカナちゃんって誰ですか?」

「ほら、あそこの四角い顔した、眉毛の濃い人」

「どうして、サカナちゃん?」

「あ～サカナちゃんは、支店で残業する時、いつも、裏の台所で、魚の干物を焼いて、それを肴にして、飲みながら残業するの。そこから私たち女の子は、サカナちゃんって、呼んでいるの。覚えておいて。今日大丈夫よね?」

「大丈夫です。ありがとうございます」

「場所は、親不孝通りにある居酒屋の『どん底』っていうお店に、会議が終わったら集合」

「OKです。場所は、分からないので連れて行ってください」

「貴方は、サカナちゃんと一緒に来て。私は、用事があるから少し遅れる。良い？」

「分かりました」

会議が始まっても、何のことを話しているのか内容が理解できず、メモを取るのが精一杯だった。ただ、会議の中で、私に、来週から天神の百貨店の現場応援に行くようにと指示された。

現場のチーフは、ちょっとダンディーな花田さん。

「大石君。来週からよろしく。現場は、八時の朝礼から始まるので遅れないように来てくれ。仕事は、現場に来てから教える」

「承知しました。よろしくお願いします」

初現場は、天神のど真ん中、百貨店の新築現場。少しワクワクしてきた。

天神の中心を少し北に外れたところに、親不孝通りがある。この通りの先には予備校が数校あって、親不孝通りと呼ばれている。決して、予備校生が遊んでいる町ではない。その通りの中に、「どん底」「勝手にしやがれ」「晴れたり曇ったり」「ぶあいそ」等の、ちょっと店名がお洒落な居酒屋があるらしい。今日は、「どん底」で私の歓迎会を、サカナちゃんの音頭で開いて頂いた。

福岡は、魚が美味いと聞いていた。しかし、福岡に来てからこのひと月、美味しい店を知らなくて、まだそんな店には、当たっていない。今日の「どん底」は、大当たりだった。

さすが、サカナちゃんが選んだ店。

まず、出されたのが、イソギンチャクの唐揚げ。そして福岡の郷土料理「あぶってかも」の塩焼き。これはスズメダイという魚で鴨ではない。「炙って、噛もう」が語源と聞いた。次にゴマサバ。これは格別。サバの刺身を九州の甘い醤油と、他諸々の調味料で付け込んで、ゴマをまぶして出てくる。他にも出てくる、出てくる。美味しい日本酒も頂いた。本当にサカナちゃんに感謝。

二次会も親不孝通り近くの、土手焼きと焼きラーメンが美味い屋台で、サカナちゃんにお世話になった。この屋台でも、焼き鳥、土手焼き、そして〆の焼きラーメンまで、みんな美味い。酒は弱い方ではなかったが、初めてのお付き合いなので少しセーブしている。この屋台で、ちょうど良い具合。

時間も、一一時を回り、そろそろお開きにすることになって、サカナちゃんが屋台の大将にお金を払い終えた時、一人の女性が入ってきた。だいぶ酔っている。

「おじちゃん、お酒、熱燗で頂戴」

裏にいた屋台のおばちゃんが、

「ますみちゃん、珍しかね。どうしたと？　そげんに酔っ払って。なんかあったと？」

と、酔っ払っている彼女に返した。

「いろいろあったと。つまらん男を振ってきたとよ」

「ほぉー、あんたみたいな可愛い子に振られる男、かわいそうやね。ハイどうぞ」

と言って、大将が、彼女の前にコップを置いて燗瓶の熱燗を注いだ。彼女は一気にその一杯を空にした。

「振ったとやないと。私が、振られたと。おじちゃん、もう一杯頂戴」

「もう、これ以上は、駄目。何があったか知らんけど、今日は、駄目」

私は、先ほど、おばちゃんが、「ますみちゃん」と、言った時にハッとして、彼女の顔をしばらく見ていた。まさしく六年前に旅館の玄関で別れた、あの初恋のますみさんだった。

私の頭の中は、すぐに六年前、タクシーのガラス越しに手を振ってくれた彼女が、蘇った。

「もし今度、どこかで会ったら、知らん顔せんとってね。私のこと、覚えとってね」

と、言われたことを、みっこには申し訳ないけど、心のどこかに、いつも仕舞っていた。

私は、サカナちゃんに、

「先輩、すみません。彼女は私と同郷で、中学校の時に世話になった方です。私、もう少しここにいます。あの方が心配なので」

と、簡単に説明した。

「良かよ。金は済んどるけん、俺は先に帰るよ。あんまり遅くならんことな」

「今日は、本当にありがとうございました。とっても美味しかったです。すみません。気を付けて帰ってください」

「ほんじゃ。君もな」

サカナちゃんは、すぐ目の前でタクシーを拾って帰路に就いた。

私は、

「すみません。熱燗一杯ください」

「ハイヨ！」

大将は、私の注文には、快く引き受けてくれた。

「はいどうぞ」

大将は、コップに熱燗を注ごうとしたが、

「すみません。半分、あちらの方に注いで上げてください」

「え、なんで。もうこれ以上飲ましたらいかんよ」

「大丈夫です。彼女に、昔、振られた男からです。少しだけ飲んでもらおうと思って」

「お知り合いですか？」

「えー、同郷で、僕の先輩です」

大将は、うつ伏せで寝ている彼女に、

「ますみちゃん、起きて。向こうのお客さんから、半分だけご馳走よ」

「えっ、誰って」

やおら彼女は、顔を上げて、私を見てきた。

彼女はしばらく私の顔を、じっと見ていて思い出してくれたのか、急に笑顔になって、

「貴方、新聞配達の人ね。わー久しぶり。どうしてここに？　そんなところにいないで、私の横に来てよ。早ーく」

「恥ずかしいからここで良いです」

「何言ってんの。早くこっちに来て」

おばちゃんが、私に、

「昔、振られたなら今日は、チャンスよ。横に行ったらいいじゃない」

「振られたは、大袈裟で、私が、彼女に憧れていたんです」

「そんなこと、どうでも良いから、早くこっちに来て。はーやーく！」

「分かりました。ちょっとだけ行きます」

「ちょっとだけって、加トチャンじゃないんだから、ずーっとよ」

彼女は、思った以上に酔っている。

「はい、乾杯！」

「乾杯！」

「ところで、貴方、名前を教えてよ。喋りにくいじゃない。何さん？」

「大石文雄です。ますみさんですよね」

「どうして、私の名前、知ってるの？」

「えー、お嬢さんが、卒業して広島の大学に行かれる時、お母さんが、名前を言ってたので覚えています」

「あ、私も思い出した。貴方、私のこと、お嬢さんって言ってたよね。今、思い出した。あの時のこと。うわー懐かしい。おじちゃん、もう一杯、熱燗ちょうだい。大石さんも一緒にね」

「すみません。今日は、これくらいにしませんか？」

私は、初恋の、憧れのますみさんが、これ以上酔って崩れるのを見たくなかった。すると彼女は、突然、泣き出した。

「何よ。男なんて、みんな勝手なんだから。私の話、ちょっとで良いから聞いてよ。貴方もあいつと一緒ね」

と言いながら、彼女は大粒の涙を流している。よほど、今日、ショックなことがあったんだなって思った。

「彼女の家は、近いんですか？」

と、大将に聞くと、

「場所は知らんけど、長浜って聞いてたから、近いと思うよ」

おばちゃんが、教えてくれた。

「じゃー、私、送って行きます。タクシーで送ります。お酒、いくらですか？」

「彼女の一杯と、貴方の一杯合わせて二〇〇円。放送局の近くって言ってたから、親不孝を真っすぐ行けば近いと思うよ」

と、大将は親切に、教えてくれた。そして屋台は、とっても安かった。

「タクシーなんか乗りません。歩いて帰ります。さぁー、行こ！」

と、彼女は、サッと立って歩こうとしたが、足元がふらついて倒れそうになった。

「大丈夫ですか？」

「大丈夫。さぁー、歩こ！」

と言って、僕の腕を両手で掴んで、歩き出した。酔った体は、僕に持たれ掛けている。

もう泣いてはいないが、歩きながらブッブツ文句のようなことばかり言っていた。

「なによ！　馬鹿野郎！　早くどこでも行ってしまえ！」

すると、彼女は突然、

「どうして、大石君、ごめん大石さんは、福岡にいるの？」

と、聞いてきた。

「就職です。大阪の会社に就職して、配属が、福岡になりました。五月から来ています。ますみさんは？」

「私も同じ。広島の大学を出て就職は、福岡。でも私の会社は、福岡が本社。そこで知り合った人に今日、振られちゃった。二股かけてたの。許せんかった。思い出したくないから この話は、おしまい。歩こ！」

歩きながら、彼女は、僕の右手に指を絡めてきた。時々強く握ったり、指を絡め直したり、少し遊んでいるようだった。

親不孝通りを真っすぐ進んで、交番の横を曲がってしばらく行ったところで、彼女は歩くのを止めた。

「ここが、私のお家」

右手に、三階建てのアパートがあった。

「では、ここで僕は、失礼します」

と言って、腕を放そうとしたら、また、彼女は、つまずきそうになった。

「大丈夫ですか？　部屋は、何階ですか？　玄関まで送ります」

彼女は、うなずいて、

「うん。ありがとう。お家は、二階。階段上るの。お願い、そこまで一緒に来て」

「分かりました。さぁ、行きますよ。しっかりしてください」

「ハーイ」

彼女は、私の手を強く握り直してきた。頭は、ずっと私の方にうなだれている。

中央の郵便受けのある階段の前まで来てもまだ、彼女の足取りは、おぼつかない。

「この階段、上がって良いですか？」

「うん。ここよ。この階段を一歩、一歩、上って。そしたら私のお家」

私は、つないでいた手を放し、彼女の腰のあたりに回し、彼女を押すようにして階段を上がった。

「二階に着きましたよ。何号室ですか？」

私は、

「二〇二。すぐそこよ」

また、彼女は、手を握り返してきた。ちょうど、二〇二号室の玄関の前まで着いたので、

「それじゃー、こ………」

と、言ったと同時に彼女は突然、私とつないでいた手を放して、両手を私の頭の後ろに回して唇を重ねてきた。彼女の唇は、柔らかく、そして甘く感じた。

「お願い。少しだけで良いから、私に時間を頂戴。お願いだから」

と、言って再び唇を重ねてきた。私が、

「は、はい」

とだけ言うと、彼女は、唇を深く合わせてきた。そして、そのまま自然と、二〇二号室に誘われた。

誘われた彼女の部屋は、きれいに片付けられている。キッチンとダイニングが一部屋でリビングに小さなテレビと、机とカセットデッキがある。奥が寝室でベッドにスヌーピーの枕とタオルケットがあり、その部屋の可愛さに、高校生の時の彼女の姿があった。

彼女は、その可愛い部屋に私を誘い、ベッドに腰を掛け私を引き寄せた。私は、されるがままにしていたが、彼女の衣服を慣れない手つきで取っていった。また、彼女も、私の

シャツのボタンを一つずつ外してくれた。ベルトも外してくれたが、ジーンズは自分で脱いだ。下着姿で、私たちは、また熱く唇を重ね合った。吐く息は、まだ少しアルコールの匂いを感じるが、その柔らかな唇は、甘く切なく、毎朝、彼女と会えることを楽しみにしていた、私の少年時代を思い出させてくれる。

彼女は、両手で、私の最後の下着を下ろしてきた。私も、彼女の上の下着を外そうとしたが、慣れていないのが分かったのか、彼女が自分で外した。そして、最後の一つも自分で外した。

「ごめんね。無理やり誘って。後悔しない？ 私みたいな年上の女に誘われて」

「後悔とか、そんな。新聞配達しながら、毎朝、ますみさんに会えるのが楽しみで、会えなかったら、一日落ち込んでいました」

「え、それ、ほんと？ 私もよ。私も三年生の受験の時、あなたに会うとなぜか元気になれたの。頑張ろうって。不思議ね。そんなあなたと偶然に会って、私の醜態を見せてしまったけど、また、元気出しなさいって、言われてるような気がして、とても嬉しかった」

と、言いながら、彼女は、今日あったことを思い出したのか、背を向けて肩を震わせて泣き出した。よほど辛かったのだろう。

「それ、本当だったら、なんて言って良いか分かりません。こんな僕にそんな気持ちでいてくれたなんて。ありがとうとしか言えません」

私は、彼女を振り向かせ、強く抱き寄せ、もう一度、唇を重ねた。彼女も、涙を流しながら、私の気持ちを受け止めてくれた。

その夜、私たちは、一つになれた。私は、初めてのことだったが、彼女は、何も言わず受け入れてくれた。


六月の朝の陽ざしは、どんよりとして、暖かい南の風が、まもなく梅雨を迎えようとしていることを教えてくれる。私は、以前、新聞配達をしていたことで、どうしても朝早く起きてしまう。外は、明るいが、まだ午前六時を過ぎたくらいだ。

ますみさんの静かな寝顔は、昨夜の悲しみの表情がまだ残っているように見えた。

今日は土曜日。私の会社も、週休二日が始まったばかりで、交替で隔週出勤しなければならない。私は、出勤日。彼女に昨夜、そのことは伝えている。彼女の会社は、完全週休二日と言っていた。今日は休み。

私は、会社と住まいの電話番号のメモと、伝言を書いて帰宅することにした。伝言は、机の上にあったスヌーピーの便箋に書いた。

安部ますみ様
おはようございます。
昨日は、ありがとうございました。
どのように、お伝えして良いか
わかりませんが、お会いできたこと
大変、嬉しく思いました。
本日は、仕事のため、帰宅します。
申し訳ありません。
私の会社と、寮の電話番号を
書いておきます。
よろしければ、お電話ください。
また、お会いできるのを楽しみに
しております。
大石文雄

彼女のアパートの階段を一歩、一歩下りて、そして昨夜、彼女の家まで送った同じ道を戻って行った。戻りながら昨夜のことが、映画のフィルムの逆回しのように記憶が蘇ってくる。

私は、なぜか、昨夜のことは、私と彼女、二人だけのことと自分に言い聞かせている。何度も、何度も。それは、自分への呵責の念を消そうとしているようにも感じた。

みっこへの想いは、どこへ行ってしまったのだろうか？　いとも簡単に、みっこへの想いを裏切った自分を恥じていた。

（俺は、どうしようもない奴だ！）

帰りの道すがら私の心の中は、ますみさんと再会できて喜んでいる自分と、みっこを裏切った薄情者の二人の自分が、戦っていた。

毎朝、天神の百貨店の現場まで、歩いて通勤する。途中、山田屋というパン屋で、サンドイッチと、大好きなあんドーナツを買って現場に向かう。現場の朝礼が、きっかり八時から始まる。建物は一七階建てで、百貨店と新聞社の社屋が一緒になった建物。市内でも最も大きな現場の一つで、残り四カ月で竣工する。竣工すると福岡市内で建物の高さはナンバーワンになると聞いている。しかし今、福岡市内は建築ラッシュ。数カ月後には、建築中の別の建物に、わずかに抜かれるらしい。

初めての現場で、何も知らない私に、花田さんは、仕事の仕方、業界のこと、現場の付き合い方、様々なことを、事細かく、先輩として教えてくれた。冗談か本気か分からないが、アルコールが入ると、女性の付き合い方まで教わった。花田さんには、奥さんとは別に、お付き合いをされている女性がいると、会社の先輩に聞いていた。

花田さんが、仕事中、突然、

「大石君。君は、付き合っている女の子、おるとや？」

と、聞いてきた。

私は、頭の中で、ますみさんと、みっこの二人が同時に現れて、少し返答に困った。

「えー、います」

と、答えると、

「そーやろ。さっき君が、現場に出ている時に、女性から電話が入ったよ。そこにメモ置いてるやろ。電話、してくれって。保険の外交のおばちゃんと思ったけど、声が可愛いから、たぶん彼女からの電話と思ったよ」

「安部さんですね。違います。この人は、僕の同郷の方です。先日偶然に、こちらで会いました」

私は、花田さんに言われて慌てて、自分の彼女ではないと返答した。

「分かった。分かった」

花田さんは、私の答え方がおかしかったのか、笑いながら返してきた。私は、この場で電話を掛けると、話を聞かれるので不味いと思い、外の公衆電話を探した。市内通話なので、それほど一〇円硬貨はいらないと思ったが、それでも二〇枚以上は用意した。

「もしもし、大石と言います。安部さん、お願いします」

「もしもし、私。安部です。今どこ?」

私は、彼女と初めて電話で話すので緊張していたのに、彼女の方は、少しなれなれしく話してきた。

「先ほど、現場の所長に、安部さんから電話があったと聞いたので、外から掛けています」

「そう。電話したのは、大石さんは、フォークのコンサートとか好き? 陽水のチケットを持ってるの。今週の金曜日、市民会館でコンサートがあるの。一緒に行かない?」

「それって、陽水が、九響とジョイントするコンサートですか? 僕も、チケットを買いに行ったんですけど、売り切れで駄目だったんです。いいなー。学生の時から、陽水大好きです。初めてこっちのラジオに出た時から、応援しています。アンドレ・カンドレだった時から。行きたいなー」

「このチケットね、振られた前の彼からもらったの、破り捨てようと思ったけど、大石さんの顔が浮かんだの。訳アリのチケットだけど一緒に行ってくれる？」

この時、私は、返事をするのを、少しためらった。胸の内に、楽しいことは素直に返事しろと言う自分と、みっこはどうするんだと問いかける二人の自分が現れて戦っている。

「どうしたの？　私が、前の彼のことを言ったので、怒っているの？」

「すみません。そうじゃないんです。その日、仕事があって、どうしようか迷っています」

私は、言い訳がましく、ごまかした。

「えー、最初、行く予定だったのでしょ。仕事、どうにか都合付かせて、せっかくだから一緒に行こうよ」

「うーん。……」

二人の私が、戦っている。

「何黙ってるの？　早く返事してください。もし駄目だったらこの場でチケット破るから。はーやーく。お願い！」

この時、昔、夢で、大雪の中、えんじ色のジャージ姿で、頭に手拭いで頬かむりして、雪で進めない私を、

「こっち、こっち　はーやーく！」

と、手招きしてくれた、あの時のますみさんの姿が浮かんできた。あの時のあの甘美な情景が、再び現れてきた。私は、いたたまれなく、

「一緒に、コンサート、お願いします」

「ヤッター！　ごめんね。強引に誘って」

「ありがとうございます。先日から、強引なますみさんには、慣れていますから大丈夫です」

私は、半分冗談のつもりで礼を言ったが、

「ありがとう。私をファーストネームで呼んでくれて。とても嬉しい」

彼女は、声のトーンを落として真面目に礼を返してきた。私も、ますみさんの気持ちが伝わってきて嬉しかったが、心の中で、みっこは、また、敗れてしまったと感じていた。

陽水のコンサートの帰り、ますみさんと初めて会った屋台で食事をすることにした。

「今晩は。二人、ＯＫ？」

「あれ、ますみちゃん。今日は、彼氏が違うね。仕方ないけん、二名ＯＫよ」

と、大将が、真顔で言ってきたが、彼女も、

「この前の男は、振ったとよ。つまらん男やった」

しっかり、真剣な表情で返した。

「この方、この間の方よね？」

と、今度は、おばちゃんが、私のことを聞いてきた。

「おばちゃん、この前何が、あったか、なーんも覚えとらんけど、何かあったと？」

「ほんと、ますみちゃん、あんた何も覚えとらんとね？　あんたが、あんまり酔っ払ったからこの方が、家まで送ってくれたとよ」

「そうなんだ。それで、今日、一緒に来てくれたんだ。ありがとう」

「ますみ様。何を言ってるか分かりませんが、まずは、一杯どうぞ」

と、大将が、お決まりのように彼女の前にコップを置いて、熱燗を注いだ。

「お兄さんは、何にする？」

「すみません。ビールください。それと土手焼きも。この前、とても美味しかったので」

「あいよ！」

「私も、土手焼きお願い」

彼女は、この店の常連のようだ。注文すると同時に、碗に盛られた土手焼きは、すぐに目の前に出てきた。

他に、焼き鳥とか、豚足などを頼んだ。焼き鳥に付いて出てくる、キャベツを齧りながら、アルコールも進む。

「大石さん。今日のコンサートの感想、どうだった？」

「僕は、陽水は、ギター持って一人で弾き語りの方が、いいな。僕が学生の時に、陽水が最初アンドレ・カンドレで売れなくて、消えたかなって思っていたら、戸畑の労音のコンサートで前座くらいに出てきて、〝都会では自殺する若者が増えている……♪〟って歌い出したんだ。その時、最初誰か分からなくて、声を聞いて分かって感動したんだ。ますみさんは？」

「ありがとう。ますみさんと呼んでくれて嬉しいよ。私も、これから、文雄さんて呼んでもいい？　ごめんね。質問に答えなくて」

「大丈夫です。恥ずかしいけどＯＫです」

「ありがとう。文雄さん。私も同じ。陽水は、いろんなことを思い出す。〝夏まつり〟って曲を聴くと、私、田舎の祭りの時に、兄と山車を一緒に曳いて、おじちゃんたちから、お菓子をいっぱいもらったこととか思い出して。懐かしいーなあー。陽水大好き」

「僕は、〝能古島の片想い〟が好きです。まだ、行ったことは、ないけど、夜、砂浜で星を見ながら、あんな気持ちになれたら、て思ったりしています」

「あれって、女の子のことを思って、眠れない歌詞だったよね」

「そう。女の子のことを考えると、胸がいっぱいになって、眠れなくて、壊れそうで、星屑を数えるんです」

「すごいね。よく覚えているね」

「大好きですから」

「明日、土曜日、休みだったよね。私も休みだから、能古島に行こうか？」

「え、良いんですか？」

「私も、行きたいと思ってたの。こんなこと言うと、また怒られるかもしれないけど、前の彼と、梅雨が明けて、泳げるようになったら、行こうって約束していたの。ごめんね。今日のコンサートもそうだけど、あなたをだしにして」

「今日のコンサートは、僕も行きたかったので、楽しかったです。でも、能古島は、僕で良いんですか？」

「何言ってるの。文雄さんも行きたいんでしょ」

「ハイ」

「じゃー、決まり。能古島までは渡船ですぐだから、二人で星を数えに行こ」

「明日、天気は、良いみたいやから、あんたたち、ゆっくり楽しんでおいで。〆は、何にすると？」

私たちの話を聞いていた大将が、〆の注文を聞いてきた。屋台はオープンキッチンなので、話は筒抜けだ。

「私は、焼きラーメン。文雄さんは？」

「僕は、ラーメンにしてください。麺はカタでお願いします」

「了解！」

〆のラーメンは、美味い。替え玉もした。

コンサートのお礼の意味で、屋台の食事代は、私が払った。彼女は、

「ありがとう」

と、だけ言ってサッと立ち上がった。

「僕、送って行きます。今日は、タクシーで。良いでしょ」

「良いよ。歩きたかったけど今日は、我慢」

彼女は、私に手をつないできて、すぐにタクシーを止めた。明日の待ち合わせの時間、場所などを車の中で話したが、私には、彼女の表情が、少し寂しそうに思えた。

「じゃー、明日ね」

と、言って車を降りたが、アパートの階段を上る後ろ姿が、中学生の時、いつもみっことの別れ際に見た、みっこの後ろ姿と重なって見えた。

天神横丁に入る近くの喫茶店で、正午過ぎにますみさんと待ち合わせをした。彼女のアパートも近く、能古島行きのバス停もすぐ傍にあると聞いていた。天気は、快晴でとても良いけれど、梅雨の合間で、少しムシムシする。路面電車で天神まで来たけれど、電車の中は冷房がなく、歩いた方が良かった気がする。

七月に入ると、街は、山笠で賑わう。私は、小倉の祇園太鼓とか、戸畑の提灯山笠は、学校が地元なので高専の時に友達とよく見に行ったが、博多の祇園山笠は、今年が初めてだった。ますみさんから、祭りのフィナーレ、追い山の七月一五日は、市内の地場の会社は休日になると聞いていた。

私は、喫茶店に少し早く着いた。とても暑かったので、

「レスカ、ください」

と言って、レモンスカッシュを注文した。

「レモンスカッシュですね。他にどなたか来られますか？」

「えー、あと一人来ます」

「お飲み物は、一緒じゃなくてよろしいですか？」

「すみません。暑いので先にください」

「承知しました」

と、店員の方と簡単なやり取りを済ませて、飲み物は、すぐに出てきたが、彼女が、来ない。約束を三〇分過ぎても来ない。心配になったが、飲み物もなくなったので、

「すみません。レスカあと一つお願いします」

再度、注文した。四五分過ぎてもまだ来ない。

店を出て彼女の家に行こうか、迷った。家の電話番号も教えてもらっていないので、行くしかないと思った。

ちょうど、一時間遅れの午後一時過ぎ、彼女は、バタバタとやってきた。私を見つけて、席に座るなり、

「ごめんなさい」

と、簡単に謝って、

「すみません。私アイスコーヒーください」

と店員に注文をした。

「本当に、ごめんなさい。一時間も遅刻して。言い訳するんじゃないけど、出掛けに、いろいろあって遅れちゃった。すみません」

と言って、彼女は、軽く頭を下げた。

「良かった。急に具合が悪くなったんじゃないかと心配になって、家に行こうかどうか考えていました」

「え、ほんと？　来なくて良かったよ。来てたら、大変なことになってた。実はね、家を出る寸前に元の彼が訪ねてきたの。私に話があるって」

「それって、その方が、何か大切な話をされにきたんじゃないですか？」

「そう、謝りにきたの。本当は、私の方が好きだったとか、言い訳をいろいろ並べて、三〇分くらい、ずっと聞いてた」

「え、三〇分もですか？」

「そう、三〇分以上。ずーっと聞いていた。そしたら、最後になんて言ったと思う。文雄さんだったら、好きな女の子がいなくなるとしたらなんて言う？」

「すみません。今までそんな切羽詰まった恋愛経験がないので、僕には分かりません」

「そうだよね。最後に彼が、別の女の子と、昨日別れた。だから、もう一度やり直してほしいって言ったの」

「それって、良いことじゃないんですか？」

「やめてよ、そんな言い方。実はね、彼が、別に付き合っている女の子から、昨日、会社に電話があったの。私に。彼女は、東京支店の社員で、私とは、時々仕事の電話で話して、普段は仲が良いの。彼女は、私が彼と付き合ってることを知らなくて、彼が出張の時に、二人で食事をしたとか、家に泊まりにきたとか、楽しく話してくれたの。それがきっかけで、彼がその彼女と私を二股かけてるって分かったの。昨日その彼女から電話があって、彼とは別れたって話してきたの。本社の他の女の子から彼と私のことを聞いて、申し訳ないと思って私に謝ってきたの」

「すごいですね。何か、テレビのサスペンスドラマを観ているみたいですね。それから、どうなったんですか?」

「文雄さん。あなた、この話、面白がってるでしょ」

と、ますみさんは、問いかけてきたので私もテレビでよく見るコロンボの葉巻を燻らせる真似をしながら、

「そうですか。お嬢さん、その先をお話しください。私も、お話を聞かない事にはこの事件は、解決しないような気がします。どうぞお話しください」

「分かった。続きね。私、彼が、彼女と付き合っていることが分かった日、そう、あなたと、屋台で再会した金曜日、彼に、彼女から、東京での楽しい電話があったことを伝えたの。そしたら彼が、言い訳ばっかりするの。食事も会社の人と行ったとか、家に泊まったのも帰りにみんなで、彼女の家に行って泊まったとか、全部、私、分かっているのに嘘

ばっか」

　ますみさんは、涙目になって話を続けた。

「だから、あの日、彼には、もうお付き合いは、止めようと言ったの」

「そうなんだ。でも今日は、彼になんて言われたんですか？」

「聞きたい？」

「えー、参考のために」

「ちょっと。言い方がコロンボみたいね」

「そうですか？　では、お嬢さん、彼になんて言ったか、そこだけ、私に教えてください。そこだけでよろしいので」

　涙目のますみさんは、笑顔を作って、

「じゃー言うね」

　私は、右手にペンを持ち、ポケットから手帳を取り出していつものコロンボのように、メモをとる仕草をしながら、

「どうぞ、お話しください」

「あのね、彼に、このＴｗｏ《トゥー》‐Ｔ・ｉｍｅｒ《タイマー》！　二度と私の前に現れないでって言ったの」

「お嬢さん、すみません。その、Ｔｗｏ‐Ｔ・ｉｍｅｒって、どういう意味ですか？」

「教えてあげるね。良い？　刑事さん。Ｔｗｏ－Ｔｉｍｅｒ！　は、二股野郎！　っていうこと。理解した？　私、専攻が英文科だから、その言葉を知ってたの」

「よく分かりました。ありがとうございます。そしてその続きをお話しください」

「そう。それから彼に、私、今とっても良い人とお付き合いしてるから、邪魔しないでって言ったの」

私は、

「えっ！」

と、だけ言って、あとは、言葉に詰まってしまった。

「私が遅れたから、ここはご馳走する。さー、能古に行くよ」

能古島の渡船場に行くバスの中で、私は、必要以上に話しかけなかった。喫茶店で彼女の口から出た、お付き合いしている良い人は誰のことを指しているのかが、気になっていた。彼女も、誰のこととは言わない。それと私の心の片隅に、また、みっこが、現れている。現れたみっこは、何か私に言いたそうで、それもあって、私は、しばらく黙ってしまった。

能古島は、周囲一二キロほどの博多湾に浮かぶ小さな島で、潮干狩り、魚釣り、海水浴等が手軽に楽しめる。島の高台になった中央に、ヒマワリとかコスモスとか、年中楽しめるお花畑の公園があると、聞いていた。

フェリーに乗船して一〇分ほどで、能古島に到着した。

彼女は、何度か来たことがあるようで、私を案内してくれた。

「お花、見に行こうか？　ここから上の方に上ったところにある公園で今、紫陽花が、見ごろ。そこのバス停からバスが出てるよ」

「歩いては、行けないんですか？」

「歩いて行くと、少し坂道できついよ。帰りに歩こ」

「了解」

と、言いながら、雨の紀伊半島で、坂道をチャリンコを押して登りつめた、一七歳の夏を、ふと思い出した。

みっこを、追いかけて、追いかけて、会いに行った、あの夏の日を思い出した。

バスに揺られ一〇分ほどで着いたその場所は、本当にお花畑になっている。まだ、花は咲いていないが、ヒマワリが一面に植えられている。紫陽花は、通路に沿って絶え間なく、紫、ピンク、黄色等、様々な花びらを咲かせている。そして、丘のような公園から私の目に飛び込んできた博多湾、福岡市の眺望に、少し身震いした。遠くに、今、働いている赤い外壁の百貨店の現場が見える。建築ラッシュの市内の情景が、まざまざと目に映る。

「ますみさん、ほら、あそこ。あの赤い建物が、今、僕が、行ってる現場。分かる?」

「あの赤い建物?」

「そう、まだ自分では、何もできないけど、仕事は、楽しいよ。毎日、怒られている。でも、楽しい」

「それって、良いねー。正直、私、少し今の会社、飽きてる。あのこともあったし」

と言って、彼女は、またしばらく黙ってしまった。今日も家を出る前にいろいろあったので、気持ちが落ち着いていないようだ。

「ご飯、食べようか? そこの食堂に、能古うどんって名物のうどんが、あるよ」

「うどんですか?」

「ラーメンも良いけど、博多は、うどん発祥の地。美味しかばい」

「すみません。よう分からんけど、行きまっしょ」

うどんは、本当に美味しかった。細麺で、しこしこしていた。

「さっき、お茶をご馳走になりましたので、ここは、僕が、出します」

「ありがとう。あまり、無理しなくても良いとよ。夜もあるし」

「夜って、食事ですか?」

「そう。お食事。お魚が安い店、紹介するから。良いでしょ？　そこは、割り勘にしよう」

「すみません。まだ薄給なので、割り勘でお願いします」

「分かってる。私の方が、たぶんお給料は、高いと思う。大丈夫」

ますみさんは、社会人の先輩。私の懐事情もよく分かっている。

公園でしばらく遊んだ。ブランコに乗ったり、ウサギに餌をやったり、子供の頃に戻ったように楽しんだ。そして閉園と同時に公園をあとにした。

「楽しかったね。船着き場まで歩こうか？」

「良いですけど、遠くないですか？」

「一時間もかからないけど、ここを下りたところに海岸があるの。ちょうど、陽水の〝能古島の片想い〟の詩に出てくるような砂浜が。行こうか」

「え、ほんとですか？　本当にそんなところが、あるんですか？」

「あと、一時間もすれば、陽が落ちるし、今日は天気が、最高に良いから、星も見えると思うよ」

「行きましょう。すみません。そこに連れてってください」

私は、陽水の詩の世界に遭遇すると思うと、ワクワクしてきた。そんな私の気持ちを察したのか、彼女は、私に手をつないできた。

公園を出て一時間くらいで海岸近くの道に出てきた。時刻は、夜の七時を過ぎたくらい。陽は、沈みかけている。私は、

「暗くなるには、まだ少し時間がかかりそうだけど、帰りのフェリーは、何時が最後だったか覚えていますか？」

「ちゃんと調べています。八時四五分と九時四五分もあるの。一〇時もあるけど、あまり遅くなったら、お魚食べられなくなるから、八時四五分に乗ろうか？　ここから一五分くらいで、船着き場に着くから全然間に合う。大丈夫」

「ますみさん、それって、いつ調べたんですか？」

「今朝、文雄さんに会う前。Ｔｗｏ、Ｔｉｍｅｒが、来る前」

私は、用意周到な彼女に驚かされた。

「了解。砂浜まで歩きましょう」

道に沿った低い岸壁の切れ間に、海岸へ下りる階段があった。私たちはそこを下りて、砂浜へ歩いて行った。途中、大きな石や岩が転がっていて、歩きにくい。砂浜の波が打ち寄せる少し手前で、腰を下ろした。今日一日、天気は良く、それほど風もなく波も静かだ。時折打ち寄せる波の音が、ザー、ザー、ザーと、ＢＧＭのように聞こえる。気持ちが良い。

「あ、お月さんが、出てる」

少し暗くなりかけた夕焼けの空に、薄く三日月が浮かんでいた。彼女は、

「きれいね。一番星、宵の明星は、見えないかな？」

「残念やけど、たぶん見えないと思う」

「どうして？」

「宵の明星は、西の方に見えると教えてもらった。今見ている方向は、東。能古島の反対側で見ていたら、たぶんきれいに見えると思うよ」

「詳しいね。星博士！」

「昔、新聞配達していた時に、明け方、東の空に、きらきらの星を見つけてじっと見ていたら、配達先のおじさんが、あれは、明けの明星って教えてくれたんです。その時、そのおじさんが、夕方見える一番星、宵の明星は、西の空に見えると教えてくれたんです」

私は、彼女にそのように答え、

「星を、数えようか」

と、砂浜で仰向けになった。彼女も私の横で仰向けになり、

「陽水は、どこで星を数えたんだろうね？」

「この辺かも？」

「どうして、そう思うの？」

「歌詞の中に、〝遠くに見える灯りは、南へ行く船の幸せかな〟であって、さっき、向こうの方を見ていたら、博多湾から出て行く大きな船が見えて、ここかなって思ったんです。まだあまり暗くないから船の灯りは、見えないけど」

「よく覚えてるね。さすが、陽水博士」

「やめてください。ただ、この歌が、大好きやけん、覚えてるんです」

しばらく、他愛もない話を続けているうちに周りは既に暗くなっていた。

「あのね、陽水のあの歌詞は、片想いの詩だよね」

「そうですね」

「ここで、質問。文雄さんは、片想いをしたことがありますか？　また、していますか？」

彼女のこの質問に、私は、新聞配達でいつも毎日、片想いをしていましたと、冗談っぽく答えようと思ったが、その前に、私から彼女に、

「すみません。僕が、答える前に、僕からの質問に答えてください。今日、〝今、とっても良い人とお付き合いしてるから、邪魔しないでって〟言われたそうですが、その良い人ってどちらの方ですか？」

と、質問した。ますみさんは、黙ってしまった。私は、砂浜に並んで、黙ったまま空を見上げている彼女の顔を、少し起き上がって、覗き込むように見つめた。すると彼女は、

目を閉じたまま、小さな声で、

「文雄さん」

と、呟いた。

私は、ますみさんが、私の名前を呟いてくれたことが、やはり嬉しかった。すると彼女は、

「次は、あなたの答え？」

と、問い返してきた。私は、

「ありがとう。さっきまで、片想いでした」

と答えて、目を閉じたままの彼女に、唇を重ねた。ますみさんは、そのまま、砂に身を預け、私の唇を、深く、しばらく受け止めてくれた。

私は、また、みっこを裏切ってしまった。

【この薄情者！】

って言われている、自分がいた。

秋風が冷たく、福岡の街に九州場所巡業のお相撲さんの姿を見かける一一月の初め、百貨店の現場の竣工を迎えた。四月に就職し、花田さんからのお呼びで六月から約五カ月。

何も分からず、みんなに怒られながら、現場の中を行ったり来たりして、迎える初めての竣工。何が何だか分からない気持ちもあるが、やり遂げた感慨もあった。

八月、九月、そして一〇月と、現場は最後の追い込みに掛かり、休みなしで工事は動いていた。ほぼ毎日遅くまで残業で、休日も出勤していた。百貨店のオープンが決まっているため、竣工前の最後の三週間は、徹夜の連続であった。

忙しいため、ますみさんに会うこともできず、人恋しさに、独り、酒で寂しさを紛らわしていた。みっこへの手紙も、忙しくてあまり時間がないという言い訳で書かなくなっていた。時々、コップの中の酒が、喉を通る時、卑怯な自分を感じて、情けなくなることがあった。

私の次の現場が、決まった。その現場は、ますみさんと再会した屋台の近くに建築中の、証券会社と銀行が入る一七階建てのビルで、私が初めて現場に行った百貨店の高さを少し抜く建物と聞いている。この現場のチーフは、花田さんと同期の坂本さんという方で、とても仕事に厳しい方と聞いていた。花田さんは、

「坂本は、厳しいけど勉強になるから、鍛えられてこい」

と、送ってくれた。

この現場の竣工は、来年の一〇月。約一年間の勤務。少し長いが、百貨店の現場と違っ

て、工事の最初の着工から竣工までの業務経験ができる。嬉しさもあったが、まだ何も知らないこともあり、自分自身大丈夫かなと、少し不安もあった。

そして、現場の近くに、ますみさんの会社がある。私には、このことが、とても嬉しかった。ただ、花田さんが言われたように、坂本さんは、仕事に大変厳しく、毎日、厳しい業務のノルマを部下に指示された。私たちは、ほぼ毎日、残業と、休日出勤までしていた。とても良い勉強になったが、寮と現場の往復で一日が過ぎていくのは、正直、辛かった。何より、すぐ近くにますみさんがいることが分かっていても、会えるのは、月に一、二度くらい。私たちは、現場勤務が休日の日曜日か、その前日、土曜日の夜に、食事をすることにしていた。

年の瀬も押し迫った、一二月の土曜日。街にはクリスマスの飾りつけと、クリスマスソングが溢れている。ますみさんから、現場に電話が掛かってきた。

「もしもし、安部と言います。大石さんお願いします」

「もしもし、大石です」

「あ、文雄さん。私、今、家なんだけど、今晩、食事に行かない？　フランス料理の素敵なお店。もう予約はしているの。良いでしょ。大丈夫よね」

「分からないけど、一応ＯＫ。上司に聞いてみて駄目だったら電話する」

「来てね。七時に予約しているから、中洲の西大橋に六時四五分待ち合わせ」

何となくいつもの彼女の強引さに引っ張られた感じでOKした。

坂本さんには、

「すみません。今日、田舎から友達が出てきますので、定時で帰ってよろしいですか？」

と、言ってみた。坂本さんは、

「その友達は、男ね、女ね？」

と、笑いながら聞かれた。私は、坂本さんに見透かされていると感じ、

「女の子です」

と、答えた。坂本さんは、

「女の子だったら帰って良い。男だったら駄目やけど。頑張ってこい」

と、いつもの真面目な顔で答えてくれた。言われた後、ニコッとされて、顎を前にちょっと振って、行って来いと促された。

「ありがとうございます」

と、私は、礼を言って、帰り支度を急いだ。

ますみさんは、私の服装には、うるさい。

仕事の帰り、一緒に食事をする時に、ジーンズとセーターで行ったことがある。彼女は、

私よりも年齢的に上なので、

「私、保護者じゃないから、子供のような恰好で来ないで」

と、強く言われたことがあった。休日に、どこかに遊びに行く時は、ラフなスタイルでOKだったが、仕事の帰り等は、彼女もそれなりの大人の服装で来ている。私もジャケット程度の服装で、彼女に会っていた。私に、大人の付き合いをしてほしいと思っている彼女の気持ちを、次第に感じるようになってきた。

ただ今日は、電話口で、

「今日のお店は、フランス料理の有名なお店だから、ちゃんとした服装で来てね。お料理もクリスマスディナーのコースを予約しているから、楽しみにしててね」

と、釘を刺された。私は、一度、寮に帰り、シャワーを浴びて、髭を剃り、髪を整えて、そして、一張羅のスーツとVANのコートを着て、約束の中洲西大橋のたもとに向かった。

彼女は、既に待っていた。

「今晩は。寒いね。七時の予約だからすぐに行くよ。お店は、西中洲。ここから歩いてすぐのところ」

彼女は、右手を私の腕に回して、歩き出した。

「今日のお店はね、音楽家の團伊玖磨さんが、時々来られるらしいの。週刊誌に書いてあったの。クリスマスイブは、なかなか予約が取れないって聞いていたから急遽、今日、文雄さんと行こうと決めたの。ごめんね」

私は、それほど有名な音楽家が利用する店に行っても良いのか、頭の中は躊躇していた。しかし、彼女は、私を引っ張って行くように店に進んで行った。ちょうど、七時前にフランス料理の店に到着した。店の地上階の入り口から階段で、地下のホールに下りた。アンティーク調の洒落た内装が施され、それだけで高いんだろなと直感で思った。しばらくすると担当のスタッフの方が、私たちを個室に案内してくれた。

「安部様、本日は、ご利用ありがとうございます。私、安部様を担当させて頂きます、山崎と申します。よろしくお願いします。本日は、クリスマスのコースで、ご予約を頂いております。よろしいでしょうか？」

「はい、それでお願いします」

と、ますみさんが、受け答えをした。私は、何事も初めてのことなので、彼女に任せた。

「初めに、お祝いのシャンパンをご用意しておりますが、よろしいでしょうか？」

「お願いします」

「承知しました。このあと、お料理と一緒にシャンパンをご用意しますが、お飲み物は、何かご希望は、ありますか？」

「赤のワインで、少し深いものをボトルでお願いします。銘柄は、山崎さんのおすすめにお任せします」

「承知しました。うーん、それでは、これでいかがでしょうか？」

と、山崎さんは、ワインメニューを見せて、彼女に、銘柄を確認した。

「それでお願いします。お値段もちょうど良いくらい。文雄さん、良いよね？」

「すみません。それでお願いします」

私は、何も分からないまま、承諾した。

「承知しました。それでは、ごゆっくり、お食事をお楽しみください」

料理は、前菜から、メインの料理、最後のデザートまで順番に、私たちの食事の進み具合を見ながら提供された。ワインもそうだけれど、料理にしても全てが、私にとって初めてのことで、美味しいとか不味いとか、そんな感想は残っていない。ただ、ますみさんが、

「美味しいね」

と、言われた時は、

「うん、美味しい」

と、だけ答えた。それ以上の感想は、思いつかなかった。

「ますみさん。よくこのようなお店、来られるんですか？」

「そうね。学生の時に、父がよく、小倉のホテルに連れて行ってくれたの。勉強のつもりで覚えておきなさいって言われて。本当は、私と食事をしたかっただけと思うけど」

「社会人になってからも、お父さんと一緒に食事に行かれたりするんですか？」

「父とは、社会人になって、福岡に来てからは行っていない。ただ前の彼とは、時々ね。もうこの話は止めましょう。思い出すと、せっかくの食事が、不味くなるから」

「あ、すみません」

「文雄さん、明日は、お休み？」

「えー、休み。他の方は仕事だけど、田舎から女の子の友達が出てくると所長に行ったら、休んで良いと言われました。頑張ってこいって」

「良い上司だね。だったら、今日、少しゆっくりして良いよね」

「えー、大丈夫」

「良かった。食事、終わったら中洲に飲みに行こうか。友達のお姉さんがやってるスナックがあって、カラオケができるから、楽しいよ」

「カラオケですか。あまりやったことないけど、歌えるかな？」

「大丈夫。好きな歌を選んで歌うだけ」

「分かりました。行きましょう」

私は、最近、流行り始めたカラオケを、あまりしたことはない。会社の近くのスナックで、先輩に誘われて何度か行って歌ったことは、あるけれど、自分から進んで行く気にはなれなかった。

食事も全て終わって、彼女が、担当の山崎さんに会計をお願いした。

「文雄さん。今日は、私の奢りにさせて」

しかし、私は、

「初ボーナスが出ましたので、僕が、払います」

「え、良いの？　私が誘ったから私が払うよ」

「いつも割り勘で申し訳ないから、ボーナスもらった時から、次の食事は、僕が奢ると決めていました。男として」

「カッコいい！　でもね、ワインのお金は、私が出すよ。食事代は、文雄さんが出して。山崎さん、それで会計してください」

「そのようでしたら、食事代が、お二人でちょうど二万円、ワインが、八〇〇〇円です」

「了解。とっても美味しかった。ねぇ、文雄さん」

「ハイ。とっても美味しかったです」

と、私は、一人一万円のコース料理を頂いて不味いとは言えない。有名な音楽家の方が、来られる高級なフランス料理のお店に、初ボーナスの一割近くが、消えてしまった。

しかし、ますみさんとの楽しい大人の時間を過ごしていることに、私は、満足した。

食事の後に行った中洲のスナックは、ますみさんの大学時代の友達のお姉さんが、ママをやっている店。ママの名前は静子ママ。カウンターだけの七、八人が座れる小さなスナックだった。

「ますみちゃん、いらっしゃい」

と、静子ママが挨拶された。

「今晩は。ママ、紹介するね。この方が、大石文雄さん。よろしくね」

「大石です。よろしくお願いします」

「よろしく。ますみちゃんから、お噂は、聞いています。良い人が現れたって」

「え、そんなこと、話してるんですか?」

「はい。彼女のこと、何でも知っていますよ。振られたことも、能古島のことも。ぜーんぶ」

「う、嘘でしょ!」

「ほんとう。ますみちゃん、何かあったら、すぐ私に相談に来るの。だから、あなたも気を付けてね」

「ママ、変な入れ知恵しないで。文雄さん、信じるじゃない」

「大石さん、大丈夫。何かあったら私のとこに来て。相談に乗るから」

「もう止めてよ。ママ」

「はい。ますみちゃん、承知しました。大石さん、水割りでよろしいですか」

と、聞いてきた。ますみさんには、先に水割りが出されている。私は、なぜか今日は、酔ってみたいと思い、

「ロックでください」

と、お願いした。

「文雄さん、大丈夫？　酔っ払うよ」

「今日は、ちょっとだけ酔ってみたいので、ロックでください」

「はい、承知しました。ゆっくり酔ってください」

ママは、ロックグラスにまん丸い氷を入れ、ダルマの栓を開けて、グラスの半分くらいウイスキーを注いだ。私は、出されたグラスを口につけて、少しだけ冷たいウイスキーの原液を喉に通らせた。その瞬間、ふと、みっこが、私の気持ちの中に現れた。

【この薄情者！】

私は、一気にグラスの全部を飲み干した。

「すみません。お代わりください」

ますみさんは、私の一気飲みに驚いて、

「文雄さん、ロックは、止めときよ。本当に酔っ払うよ」

「すみません。あとは、ゆっくり飲みますから大丈夫です」

私は、気持ち少し反省して、二杯目のロックは、静かに飲んだ。

「大石さん、カラオケ歌いませんか？」

「カラオケ、あまりしたことがないんで」

「大丈夫。最初は、みんなそうなんだから」

と言って、ママは、カラオケに入っている曲が載っている黒い本を差し出した。私は、その本を最初に開いたページにあった、小坂恭子の「想い出まくら」が目に留まった。

私は、この歌の歌詞が好きで、ＥＰのレコードも持っている。特に、

（ねぇあなた　ここに来て
　楽しかったことなんか
　話してよ　話してよ）

のくだりが、とっても好きで、仕事が終わって、独り部屋で飲みながらこの曲を聴くと、みっこのことを思い出す。さっき、みっこが、僕の中に現れたので、

「これ、お願いします」

と言って、リクエストした。

「何、歌うの？」

「小坂恭子の〝想い出まくら〟」

ますみさんは、少し真剣に、

「できればそれ止めてほしいな。それって彼と別れた女の子が、彼を思い出す歌だよね」

「あ、分かった、ごめん。すみません。リクエスト変えます」

「え、止めるの。ちょっと待ってね」

と、静子ママは、曲の頭で消してくれた。

「替わりは、何にしますか？」

「かまやつひろしの、〝我が良き友よ〟を、お願いします」

「文雄さん、ごめんね。あの歌好きだったけど、あれからずっと、曲が流れてくるとすぐ消しちゃうの」

「大丈夫ですよ。一緒に〝我が良き友よ〟を歌ってください」

私は、カラオケを歌いながら、みっこのことを思っているもう一人の自分が、また、現れたと思った。

私は、この後、一気飲みは、しなかったが、最後までロックで通した。気持ち今日は、なぜか酒に酔いたかった。

静子ママのスナックは、二時間ほどで、お開きにした。ここは、ますみさんが奢ってくれた。静子ママが、

「タクシー呼ぼうか？　中洲は、年末、タクシーが捕まらないから、呼んだ方が早いよ」

「じゃー、お願いします。長浜まで」

「うん、大石さんは、どこまで？」

「大石さんも長浜まで」

「え、ますみちゃん、私、聞かなかったことにするよ」

「ママ、冗談。同じ方向だから、運転手さんにお願いするよ」

「冗談には聞こえないけど。大石さん、この店、気に入ってくれたら会社の方と一緒に来てね。中洲にしては安くしますから」

「承知しました。若い仲間と来ます。その時は、安くしてください」

「ママ、若い女の子と来たら、私にすぐ教えてね」

「了解、ますみちゃん。大石さんが、他の女の子と来たらすぐ電話するね」

「ママ、絶対よ」

店の前に出て、静子ママとますみさんが、そんな話で盛り上がっていると、まもなくオレンジ色のタクシーが止まった。

「予約の安部さんですか？」

「そうです。お願いします」

私が、先に乗り込んだ。

「長浜でよろしいですか？」

「長浜の親不孝通りの交番の近くまでお願いします」

「承知しました」

私たちは、見送ってくれている静子ママにちょっと頭を下げ、手を挙げて別れの挨拶をした。私の反対の手は、彼女の手を軽く握っていた。年の瀬の街の通りには、タクシーを拾う酔客が、何人も立っている。大通りに出ても、三〇メートルくらいの間隔で並んで、多くの人がタクシーを待っている。

「大丈夫、だいぶ酔ってない？」

「うん、少しだけ」

「どうだった。静子ママのお店？」

「楽しかったよ。きれいな人だね」

「駄目よ、惚れちゃー。ママには、いい人がいるんだから」

「惚れるなんて、全然年齢が違うよ」

「そうね。ママは、四一歳。あなたとは、ちょうど二〇歳違うのか。五歳年上は、ＯＫ？」

変な質問をしてきた彼女に、

「ＮＯ、と答えたら？」

「今すぐ、降りてもらう」

と、ますみさんは、真顔で返してきた。

「運転手さん、僕、ここで降ります」

「そうですね。ちょうど着きました。七二〇円です」

「ハイ、七二〇円。ちょうどあります」

料金は、私が払って一緒に降りた。私は、彼女とつないだままの手を、私のコートのポケットに入れ、アパートの方向へ歩き出した。

「すみません。お嬢様。僕、今日は、飲み過ぎました。泊めて頂けませんか？」

「仕方ないね。泊めてあげても良いけど、さっきの質問。五歳年上でＯＫなの、ＮＯなの？」

「その答えは、寒いので、部屋に着いてからお答えします」

「今、答えて」

「寒いよー、寒いよー」

「今、答えるの！　はーやーく！」

私は、ますみさんのこの一言に、負けた。

「当然、ＯＫです。すみません。泊めてください」

「最初から、そう言ってくれたら良かったのに」

と、言って、今度は、彼女が私の手を引いて階段を上っていった。再会したあの日以来だから、二度目になる。彼女の部屋、二〇二号室に招かれた。

「コートと上着脱いで、ハンガー出すから椅子に掛けてて」

と、私に言って、着ていた上着を脱いで、タンスに掛け、ハンガーを私に渡した。

「ちょっと待ってね。お茶入れるから」

と言いながら、彼女は、やかんに水を入れて、コンロにかけた。

私は、椅子に掛けて、彼女の台所に立つその仕草を、後ろで見ていた。その姿が、彼女に憧れた中学生の時、毎朝、新聞配達で出会えた時の純真な彼女の姿と重なった。そして、その時に覚えた、なんとも言えない感情を、思い出した。

私は、その気持ちのままに椅子を離れ、後ろ姿の彼女のもとに近づいた。彼女は、動きを止めた。私は、そのまま彼女を引き寄せ、振り向かせ、彼女と額をくっつけた。

「ますみさん、好きだ」

「ありがとう。私も、あなたが、大好き。でも、ごめんね、こんな年上で」

と、彼女は、済まなそうに答えた。

「そんなこと、関係ないって、さっき言ったよ」

と私は、彼女の目を見つめて答え、甘く深く唇を重ねた。彼女は、軽く、

「うん」

と、頷いた。

私は、彼女の胸に顔を埋めた。淡い黄色のブラウスの下の膨らみと、彼女の香りは、私の感情をさらに奪った。

「君が、好きだ」

私は、そのままの姿勢で、彼女のブラウスのボタンを一つずつ外した。彼女は、抵抗せず、胸の膨らみの下着も、私は、素直に外すことができた。胸の膨らみに優しく手を添えて、その可愛い先端を口に含んだ。

その時、彼女は、私の髪を両手でかき分けながら「フゥ〜」と小さく吐息を漏らした。

「ここじゃ、いや」

彼女は、私の手を引いて、まだ記憶に残る可愛い部屋に私を導いた。

私は、彼女の白いパンタロンとストッキングを脱がせ、最後の下着も私の手で取っていった。彼女も、私の上着のシャツから下着まで、優しく取ってくれた。

私は、彼女の体、そして全てに、絶え間なく愛を示した。彼女も私を拒むことなく、喜びを表してくれた。

この時、私の中の、みっこのことをいつも思っている自分は、どこかへ行ってしまった。もう終わったなと思った。


就職して、社会人となり、二度目の建築現場へ通い始めて、早くも八カ月が過ぎた。梅雨空の続く、七月の初め、博多の街は、祇園山笠の法被と羽織を着た男たちに、一五日の追い山のフィナーレまでは、毎日どこかで、その姿に出会う。

私は、少しずつ仕事にも慣れてきた。しかしまだ、覚えることは多く、毎日、職人さんから使い走りをさせられている。それも勉強だった。

ますみさんとは、私の仕事が、相変わらず忙しいため、ひと月に一、二度、休日の前日に会っていた。彼女は、市内の美味しい店を探して、食事に誘ってくれた。食事の後は、静子ママのスナックに行って、カラオケを楽しむことが多くなった。仕事の都合で遅くなった時は、現場近くのおじちゃんとおばちゃんの屋台で、食事を済ませることもあった。

いずれにしても、帰りは彼女の部屋に泊まるようにしていた。

そんな七月の初め、私は、珍しく定時に仕事を終え、まだ陽が落ちていない時間に帰宅することができた。自宅のドアを開けると同時に、電話のベルが鳴った。

「もしもし、大石です」

「もしもし、フミ君？」

「あ、みっこ？」

「そう、原田みつ子です。フミ君、最近、全然、手紙来ないけど、何かあったの？」

「ごめん。仕事が忙しくて、毎日、残業で、遅くなって、手紙、書けなくてごめんね」

私は、仕事が忙しいのは、事実だけれど、手紙を書こうと思えば、書けないことはない。ついつい、言い訳をしてしまった。これもますみさんが、偶然、私の前に現れてから、だんだんと、みっこへの想いが薄くなっていくのを感じていた。しかし、それとは逆に、そんな卑怯な自分を自戒する、もう一人の自分が現れることがあった。

「忙しいのは、分かった。あのね、私、夏休み、大学のサークルで九州に行く予定があるの。その時に、フミ君のいる福岡に行こうと考えている。その連絡をしたかったの」

「え、福岡に来られるの？　本当？」

「まだ、正式じゃないけど、たぶん八月の初めくらい。二日間いる予定。良いかな？」

「そんな、良いに決まってるよ。福岡に来る日が決まったら、すぐ連絡して。仕事、休みを取るから。ホテルも僕が取っとくよ」

「分かった。今週中に決まるから、すぐ電話するね」

「電話は、仕事が忙しくて遅くなるので、現場事務所にかけて」

と、言って、現場事務所の電話番号を彼女に伝えた。

「了解。決まったら、電話するね。それと、忙しくても、手紙書いてよ」

「ごめん。手紙、書くよ。本当にごめん。来る日が決まったら連絡してね。お願いします。それでは、電話を切るよ」

「うん。決まったら電話する。じゃー」

と、最後は、少し中途半端な感じで電話を終えた。私は、みっこと電話で話しながら、心の中でずっと、彼女に対して申し訳ないと自戒する自分が現れて、自分自身を責めていた。しかし私は、彼女と再会できることが、とても嬉しく、この時は、みっこのことをいつも思っている、もう一人の自分が勝った。ますみさんから「この二股野郎！」と、言われるかもしれない。

　七月の終わりには、梅雨も明け、蝉たちは、けたたましく鳴き始め、日中の暑さは、彼らが寝静まっても冷めず、毎夜、扇風機の風と蚊取り線香の煙に癒やされて、朝が明けるのを待っていた。

そんな真夏の八月最初の金曜日。時刻は、既に午後三時を回っている。現場の仕事は午前中で上がって、一旦、寮に帰り、シャワーを浴びて着替えを済ませ、福岡空港に向かった。

大学のサークル活動で奄美大島旅行の帰り、福岡に立ち寄るみっこを迎えに空港の到着ロビーにいた。みっことは四年ぶりの再会となる。まだ、みっこには、ますみさんのことは、何も伝えていない。伝える勇気が、私にはなかった。

空港のロビーには、夏休みで、今から旅に出る人、旅行で九州、福岡に来た人たちで大変混雑している。中には、小さな子供たちだけで帰ってきて、飛行機の旅が少し怖かったのか、おじいちゃん、おばあちゃんの出迎えを受けた瞬間に泣き出す子もいた。

みっこが、乗っている奄美からの飛行機の到着時刻が、三〇分遅れるとのアナウンスがあった。台風の影響らしい。今朝のニュースで台風一九号が沖縄近海まで北上しているとの情報があった。現場の朝礼でも大型で大変勢力の強い台風のため、もしもの接近に備えて、現場資材の片付け等を今日中に行うように十分注意された。

このアナウンスに私の気持ちは、落ち着かない。本当に彼女は、ここに現れるのか？少し疑わしい不安な気持ちになっていた。

そのアナウンスのちょうど三〇分後、奄美からの到着便のランプが点滅した。私の気持ちも少し安堵。しばらくして、ゲートを搭乗客が、次々と通過してきた。しかし、なかなかみっこは、現れない。すぐ傍で、落ち着かない私の気持ちを見透かしたように、日に焼けた同じくらいの年齢の男女が、再会を喜び熱く抱擁している。私のイライラは、頂点に達した。

その時、到着ゲートを大きなバッグを二つ提げた、つばの広いストローハットの女性が現れた。それは、少し大人の雰囲気のみっこだった。色の白い彼女の顔は、日に焼けて紅く火照っている。

「みっこ、お久しぶり」

「フミ君も、お久しぶり」

その会話だけで私たちは、黙ってしまった。

ただ、お互いに、目と目を見つめ合って、この四年間のことを無言で確かめていた。先ほどまで傍にいた再会を喜び合い抱擁する二人のようにはいかないけれど、私たちは、お互いに、じっと見つめ合うだけで、十分だった。

「良かったよ。みっこの顔が見られて。飛行機が遅れて意地悪するから、少しイライラしていた。ほんと、また、会えて嬉しいよ」

「私のせいじゃないけど、奄美の出発が、台風の影響でだいぶ遅れたみたい。でも、ちゃんと原田みつ子は、ここにいますよ。フミ君、私が、見えていますか？」

「ちゃんと、見えているよ。みっこも僕が、見えていますか？」

「見えていますよ！」

「じゃー、少しでも時間が、惜しいから、まず、ホテルにチェックインして、荷物を置きに行こう。空港から市内のホテルまでタクシーですぐだから」

そんな会話をしながらタクシーに乗り込んだ。

「みっこと福岡で会えるなんてまだ信じられない。何かにつままれて、夢を見ているみたいだ。四年ぶりかな？」

「そうだね。最後に会った時は、私、まだ高校生。フミ君もまだ学生。でも今は、私は大学生で、あなたは、もう社会人」

その時私は、少しドキッとした。

それは、彼女が、私のことを「あなた」って呼んでくれたことに、大人になった彼女を私自身が感じたことだ。思えば、中学生の時から数えれば、彼女を知って八年以上の歳月が流れている。当たり前のことかもしれないが、月日の流れは私たちをそれなりに大人にしてくれていた。そんな会話をしているうちに、タクシーは、一五分ほどで博多駅近くのホテルに着いた。

時刻は、既に午後六時近くになっていた。ホテルは、あらかじめ会社に頼んで、妹が遊びに来るからという理由で、宿泊費も会社の契約料金で安くお願いして、私の給料から差し引いてもらうことにしてもらい、博多駅近くの、少しお洒落なホテルをお願いした。

「チェックインを済ませて、食事に行こう。この街は、魚が新鮮で美味しい店が、たくさんあるんだ。今日は、中洲にある安くて美味しい店を予約しているから。そこでいいかな？」

「嬉しい。私、お魚、大好き。本当はね、私からお魚の美味しいお店に連れてってとお願いしようと思ってた。ありがとう」

「それは、良かったよ。その店の大将が、毎朝、市場に買いつけに行って、新しい魚を提供してくれるんだ。店の名前はね、〝魚菜〟って言うんだ。ほら、テレビに時々出てくる有名な料理家と同じ名前。値段もそんなに高くないから、薄給の僕でも、大丈夫だから」

「本当にありがとう。でも無理しないでね」

「大丈夫。ボーナスもらったばっかしだから」

「でも本当にあまり、無理しないでね」

彼女から、そんなふうに忠告されたことも嬉しかった。やはり、みっこは、ずいぶん大人になっていた。

　予約をしたこの店は、以前にますみさんに紹介してもらって、時々彼女と行っている店だった。ただ、今日、ますみさんは、どうしても実家に帰らなければならないと聞いていたので、鉢合わせすることもないと思い予約をしていた。

　ホテルのチェックインを済ませて、私は、ロビーで彼女を待った。一五分ほどして、エレベーターのドアが開き、黄色のTシャツと白いパンタロンの上に、ベージュのジャケットを羽織ったみっこが、現れた。やはり、もうすっかり大人のみっこだった。

「お店まで、少し歩くけど良いかな？」

「うん、歩こう。博多の街中を少し見てみたいから良いよ」

　と、言ってみっこは、僕の腕に自分の腕を絡ませてきた。私は、少し大人の雰囲気の彼女を感じながら、なぜか、ますみさんと一緒に歩いているような錯覚にとらわれた。

　下川端の商店街を少し入って、博多祇園山笠の夏祭りで有名な櫛田神社の境内に案内した。境内に飾られている高さが一五mほどの飾り山笠を見学した。するとみっこは、

「え、こんな大きなお神輿見たの初めて。こんな大きなお神輿を担いで走るの？」

　と、びっくりした顔で聞いてきた。私は、

「昔は、これを担いでいたらしいけど、電線とか色々障害物で走れなくなって、今は、高

さが低い山笠で練り歩くよ。それとね、博多祇園山笠は、お神輿と言わなくてこれをね、（山）と言うんだ。そしてね。担ぐとは言わないで（山を舁《か》く）というんだ。僕もよく知らないけど、色々決まりがあって、大変らしい」

「いろいろ決まりってどんなこと？」

「僕も、こっちに来て教えてもらったんだけど、例えば、山笠の祭りの期間中に博多の人は、キュウリを食べてはいけないんだ」

「どうして？」

「ほら、そこに下がっている流しの櫛田神社の紋が、キュウリの輪切りに似ているからと教えてもらった」

「へー！」

「それとね、（山を舁く）男衆は、祭りの期間中、女性といろんなことをしてはいけないんだ」

「いろんなことって？」

「Hをしては駄目なんだ。駄目な理由は、知らないけど」

私は、みっこにこんな話をしても、もう大人なんだから大丈夫と思って、説明をした。

するとみっこは、

「フミ君も大人になったね。感心した」

と、逆に彼女から、一本取られた。

「そろそろ、食事に行こうか？　ここから歩いて中洲のお店はすぐそこだから、ちょうど良い時間」

「行こ、行こ。私、おなかペコペコ」

「じゃーちょっと急ごうか」

私たちは、神社の裏門を通り抜け、中洲に通じる橋を渡り、交番の近くのお店に足を進めた。みっこは、軽く私の左の腕に自分の手を回して、時々擦れ違う今から出勤の女性たちの艶《あで》やかな姿に気を取られながら、少し足早に進む私の歩調に合わせてくれた。

「今晩は」

「いらっしゃい！　ご予約のお二人さんお着きよ！　奥のテーブルにどうぞ！」

大将の威勢のいい掛け声に通されて、私たちは、カウンターの奥の席に座った。スタッフの女の子が、メニューを差し出しながら、

「お飲み物は、何にされますか？」

と聞かれると同時に、みっこは、

「私、まずは、ビール。中ジョッキの生でお願いします」と、即座に答えた。

私は、みっこの返答の仕方と注文の内容に驚くというよりも圧倒された。

「僕もビールの生中でお願いします」

と、彼女の注文につられて、同じものを頼んだ。それと一緒に博多でしか食べられない「おきゅうと」という、寒天のような、こんにゃくのような酢の物と、ますみさんと来た時にいつも頼んでいる「ゴマサバ」を注文した。

早速出されたビールで乾杯を済ませ、喉を潤わせながら、

「初めてだね。アルコールをみっこと二人で頂くなんて。やっぱり、みっこも、もう大人になったんだ」

「当たり前。私のこと、いつまでも子供って思っていたら大間違いよ。フミ君」

「そうだね。僕が、東京にチャリンコで行ったのが一七歳で、あれからもう五年が過ぎたのを、さっき空港で考えていたんだ」

「そう。私も二〇歳。もう大人よ」

「そうだね。空港であった時から、ずいぶん、大人になったみっこに、なぜか不思議な気持ちを感じるよ」

「ありがとうって言って良いのか分かんないけど、私、まだまだ、いろんなこと、もっと知りたいと思う時があるの。大人になった証にいろんなことを見て、聞いて、そして体験

したい」

と言った後、彼女は、ジョッキに残った生ビールを一気に飲み干した。

「すみません。生、お代わりください！」

「あいよ！」

と、カウンター越しの大将の、威勢の良い、いつもの「あいよ！」の返事が返ってきた。

私は、少しあっけに取られたが、それよりも、大人のみっこに一抹の寂しさを覚えた。

そして、話したい言葉が見つからなかった。

「どうしたの？　黙っちゃって。私、変なこと言った？」

「ごめん。久しぶりのみっこにびっくりしているよ。それと、飲みっぷりにね」

私は、今感じている、私の気持ちの中のみっこと少し違うみっこへの寂しさを、正直には、言えなかった。

「そんなのどうでも良いから、フミ君も、飲み干してお代わりしてよ」

私は、彼女に言われるがままに、半分以上残っているビールを飲み干して、

「大将、僕も、生、お代わり！」

「あいよ！　奥のお客さん、生、二杯。商売繁盛、ありがとね！」

みっこは、深いお椀のような漆塗りの器の中央に盛られたサバの刺身と、その上のゴマ

と海苔を、わさび醤油で混ぜて、美味しそうにゴマサバに箸をつけて、

「やっぱり、お魚は、九州が美味しいね。サバのお刺身は、関東では普通食べられない。いつも父さんが、九州に行って、サバのお刺身食べたいって言っている」

「えっ、サバの刺身、ないの？」

「ないことはないと思うけど、いつもシメサバのお刺身を食べて我慢している」

「へぇ〜、そうなんだ」

「そうだ。私、冷酒頂くよ。美味しいお魚には、冷酒が一番。大将、おすすめの冷酒、一つください」

「あいよ！　甘いの、辛いの、お嬢さんには、何が良いかな？」

「大将、私、大将のおすすめなら何でも良いです」

「了解。でしたら、お嬢様には、少し辛口の福岡、城島のお酒を差し上げますね。お兄さんは、お酒は？」

「すみません。僕も同じものをください」

私もみっこにつられて、冷酒を注文した。この時には、もう彼女に対しての驚きは、どこかに忘れていた。そして、久しぶりの彼女との楽しい時間は、瞬く間に過ぎていった。

彼女の白い頬は、ほのかに桜色に染まり、私との話し方も大人びていて、変な言い方か

もしれないが、ちょっと色気を感じた。時の流れは、私たちを別な世界に連れて行ったような錯覚を覚えた。

「みっこ、そろそろ〆て良いかな？」

「いいよ。ただ、〆に何か、ご飯ものが食べたいな。軽く何か……。大将、おにぎりか何かありませんか？　ホテルに帰ってお腹空くの嫌だから、おにぎりとかお茶づけとか軽く食べたいな」

「そうですね、辛子明太子か、辛子高菜のおにぎりは、いかがですか？　最近どちらも博多の名物みたいになって、時々お客さんから注文を頂いて握っています。どうです？　辛いのはダメですか？」

「私、辛いの大丈夫。それ二つずつください。一つは、ここで食べて、残りはホテルでお腹が空いたら食べたいな」

「あいよ！　貝のお味噌汁、サービスしてお出ししますよ。お兄さんは、どうする？」

みっこは、既に、大将と友達になっている。私が初めて会った中学生の頃の、何事にも遠慮しない彼女が、そこにいた。

「フミ君も一緒に、食べようよ。美味しそうじゃない」

「じゃ僕も二つずつお願いします。一つは、持って帰って食べます。それと、大将、お勘定もお願いします」

「あいよ！　おにぎり注文頂きました！　それとお勘定ね！　いつもありがとうございます」

私は、「いつもありがとうございます」と言われた時、ますみさんの顔がふと浮かんだ。このお店は彼女の行きつけで、来た時は、彼女が支払うことが、多かった。

テーブルに出された、おにぎりと貝の味噌汁を食べ終わり、お勘定も済ませて、私たちは、店をあとにした。

台風の風なのか、夏の暖かい夜風を受けながら、私たちは、中洲を挟む川沿いの歩道を、中学生の頃、田舎の桜並木の下を一緒に帰っていた時と同じように、ゆっくりと、ホテルへの道を歩いていた。そして、また、あの時と同じように、歩道のベンチに並んで話を始めた。

「フミ君、私、少し酔ったかな？」

「そうだろ。冷酒もお代わりして僕と同じ、三杯も飲んだよ。僕も少し頭の中が、ふわっとしてる」

「私もよ。でも少し良い気持ち。フミ君と初めて頂いたお酒、楽しかったな。お魚もとっても美味しかったし、私、大満足よ」

「ありがとう。みっこが、そんなに喜んでくれて僕も嬉しいよ。またこの店に来ようねとは、簡単には言えないけど、今度僕が、東京に行った時は、美味しいお店、紹介してよ」

「了解。でも、フミ君忙しそうだし、いつ東京に来られるか分かんないよね」

「そうだね。いつ行けるとは、簡単に約束できないけど、今の現場が終わったら、東京行きの計画をするよ」

「ありがとう。でもね、私その話、半分に聞いておく」

「え、どういう意味？」

「あのね。私、フミ君に、今日会って話そうと思ってたことが、ひとつあるの」

「話って？」

「あのね、私、フミ君と知り合って、もう八年くらいになるよね」

「そうだね。僕も、空港で待ちながらそのことを思っていた。僕らが、中学生の時から数えたら八年も過ぎていると、少し自分でもすごいな～と感じていたよ」

「そうだよね。私も、アッという間に、時間は過ぎてしまったって感じている。でもね、そのアッという間に、中学生の私たちが、いつの間にか、お酒を飲める大人になったな～て思わない」

「そう、僕もさっきの店で、最初、みっこがビールを先に注文した時、あっけに取られたというより、何か僕の知っているみっこと違う人と会って、食事しているような感じがしていた」

「そうだよね。私たち、いつの間にか、もう大人になっていたんだって思うの」

「そうなんだけど、今日、僕に話したいことって何なの？」

「ごめんなさい。そのこと忘れてた。まだお酒が、頭の中をふらふらしているのかな？」

と言って、彼女は、自分のおでこをパチパチと軽くたたく仕草をした。

「あのね。フミ君、私に何か隠してること、あるでしょう？　それが何なのか、今は、話してくれなくても良いけど、フミ君、就職して福岡に来てから、少し学生の時とは、変わったなと思うよ。あんなに書いてくれた手紙も来なくなったし、電話してもいつもいなくて連絡がつかないし。最初は、とっても忙しいんだと思っていたけど、さっき言ったように、私も、少しは、いろんなことも知って、感じて、どうしてこんなことになっているのかなんて、遠く離れていても考えることは、できるよ。ただ、あんまり考えたくはないけどね」

と、みっこは、じっと下を向いて、言葉をひとつひとつ探しながら、私に話してきた。

私は、この問いかけの答えが見つからなくて、また、黙ってしまった。

「フミ君。ごめんね。私、言いたいこと言い過ぎたかな？　言いたいこと言うの、私の性格だから、分かってるよね」

と言って彼女は、ポケットからハンカチを取り出した。私が、

「みっこ、ごめんね。本当は、僕から……」

と言いかけると、彼女は、手に持っていたハンカチを、すぐさま私の口にあてて、

「もういいの。それ以上、言わなくて。私もフミ君に言いたいこと言ったら、少し気持ちが晴れたよ。聞いても仕方ないかもしれないし、美味しいお酒を頂いた後だから、気持ちよく、ホテルまで歩きたいな」

と言って、彼女は、サッとその場を立って歩き出した。私も、一緒に川沿いの歩道を歩き始めた。彼女は、軽く私の手を握り、歩きながら歌を口ずさみだした。それは、彼女が中学生の時、お父さんの都合で、東京に旅立つ時に私にくれた手紙の中に綴られていた、歌詞の歌だった。

〝♪いつまでも絶えることなく、友達でいよう♪……〟

「フミ君、一緒に歌おうよ」

〝♪明日の日を夢見て、希望の道を♪〟

私もみっこと一緒に口ずさみ始めた。二人で口ずさみながら川沿いの歩道を歩いていると、ふと、以前もこんな場面があったと頭の中を記憶がかすめた。すると、彼女が、

「フミ君、この川にモーモーって鳴くカエルはいないのかな？　昔さー、フミ君が、私んちに初めて来たときに、バス停までの小川でカエルがモーモーって鳴いてたよね。私、あの時を思い出した」

「みっこ、僕もね、あの時のことを思い出していたよ。東京にウシガエルいるんだって僕が言ったよね。だけどこの川は、すぐ海につながっているから、たぶんカエルはいないと思う。みっこも同じことを思い出していたんだね」

と言って、私は、彼女の方を見ると、少し目に涙を溜めて、

〝♪いつまでも絶えることなく友達でいよう……♪〟

と口ずさみだした。私は、手をつないで、一緒に口ずさんだが、みっことのいろんな思い出が、走馬灯のように心の中を駆け巡った。

私は、ホテルまでの帰り道、ずっと口ずさんでいる彼女に言葉を掛けられなかった。その姿が、私に何かを言いたそうであったけれど、私には、それを聞き出す勇気が、なかった。私は、なんて卑怯な奴なんだと自分を責めた。

そして、そのようなどうしようもない気持ちのまま歩いて行くうちに、ホテルに到着した。

同時に、玄関の風除室の自動ドアが、サーと開いた。みっこは立ち止まり、

「フミ君、今日は、ありがとう。美味しいお魚、美味しいお酒、本当に楽しかったよ。それと、ごめんね。私から一方的に話しちゃって。私少しだけすっきりした。でも何かあったら、すぐ連絡してよね。手紙、書かなくていいから。電話を頂戴ね。お願いします」

と言って、彼女は、頭を深く下げた。私は、本当のことをもっと話さなければならないと心の中で思いながらも話せなかったことが、みっこに申し訳ないと感じていた。

「フミ君、明日もよろしくお願いします。明日は、太宰府に連れてってください。竈《かま》門《ど》神社ってところに行きたいな。ガイドブックに縁結びの神様って書いていたの。なので、そこに行きたいな」

「了解。明日、九時くらいに迎えに来るよ」

「ありがとうございます。九時にお待ちしています。よろしくお願いします」

と言って、彼女は、また、少しだけ頭を下げて、すぐさま振り返って、その後は受付のカウンターの方へ歩いて行った。後ろ姿は、寂しそうだった。受付カウンターのスタッフに、部屋の鍵を渡されてエレベーターの方へ歩いて行ったが、そのまま私の方は振り返らずに、扉のボタンを押すと同時に開いたエレベーターの中へ乗り込んだ。その姿は、彼女がお父さんの転勤で私と離れなければならなかった、中学生のあの日の情景と同じだった。

私は、彼女の心の中を察しながらも、どうしようもない卑怯な自分自身に、茫然自失のまま、帰りのタクシーに乗り込んだ。車窓を通り過ぎていくケヤキの枝は、風に煽られ、葉っぱも、今にも飛んでいきそうに揺らいでいた。

「台風の進みが、早くなって、進路が、こちらへ向かっていると、さっきニュースで言っとったですよ」

と、私の心の中を見ていたように、運転手さんは、話しかけてきた。ちょうど今朝の現場朝礼で台風の対処のことを、口酸っぱく言われたことを思い出していた。

「こっちへ向かっているのですか？」

「そうらしかですよ。まだ、台風は、奄美ぐらいを上っているらしかけど、早くなって、明日の夜中には、五島の方を通過して福岡にまっぽし来るらしかですよ」

「そうですか」

「それもね、相当、風が強くて飛ばされんごとせないかんらしかですよ」

「そうですか。少し心配ですね」

「そうなんですけど、私は、今日、おそうまで走って、明日と明後日は休みやけん、ゆっくり酒でも飲んで、家で、じっとしときますたい」

「それが良かですね」

と、下手な博多弁で相槌を打ったが、明日、みっこと太宰府に行く予定に、支障がなければよいがと心配になってきた。

家の近くの交差点で、タクシーを降りて歩き出したが、生暖かい風は、時折、私の耳元を激しく通過していく。その風に煽られ、空き缶が、〝カラン、カラン〟と空虚な音をたてて足元を転がっていった。それが、横を通り過ぎた車に〝プシュッ〟と一瞬にしてつぶされた。

部屋へ帰りつくと、今日あったことが、なぜかとても重く感じて、ベッドの横に、上着とズボンを脱ぎ捨てて、下着のまま深く眠りに入っていった。


〝リリリーン、リリリーン、リリリーン〟

私は、遠く聞こえる電話の呼び出し音に、記憶を覚まさせられた。昨夜から付けたままの腕時計の時間は、七時を過ぎたくらいであった。こんなに早く誰からの電話かと思いつつ受話器を取った。

「もしもし。フミ君?　おはよう」

その声は、みっこだった。

「おはよう。みっこ。ずいぶん、早い時間に、なに?」

「あのね。今、空港に来てるの」

「え、空港？」

「えー、福岡空港」

「どうして、こんな早く、空港にいるの？」

「あのね。昨日の夜からずっと台風のニュースを見てたら、帰りの飛行機が飛ばないかもしれないと思ったの。それで朝早く、空港まで来て、チケットの変更をお願いしたらすぐに変更ができたの。八時ちょうどの出発だから、あと三〇分くらいで飛行機に乗らなくちゃいけない。……」

とみっこは、そのように言ったまま、あとが続かなくなって黙ってしまった。

私は、

「それって、その次の便に変更できない？」

「うーん……」

と言ったまま、彼女は、答えてくれない。

「みっこ。今からすぐにタクシーで行くから、次の便に変更できないかな？　四〇分くらいで空港に着けるから。受付のカウンターで頼んでみて」

「……、フミ君。昨日はありがとう。楽しかった。お魚も美味しいし、フミ君と飲んだお酒とっても美味しかったよ。私、一生忘れないから。それとね、ごめんね。私、昨日は、少し言いたいこと言い過ぎたみたい。少し反省」

「ごめん。僕も、みっこに、言わなけ……」

と話す途中で電話は、カチッと音がして切れてしまった。公衆電話のコインが切れたのかもしれない。こちらから電話をしようにもできない。私は、しばらく彼女からの電話をその場に立ったまま待っていたが、ベルは鳴らない。諦めて、ベッドに自分の身を倒れ込むようにうつ伏せでドスンと投げ出した瞬間、

〝リリリーン、リリリーン、リリリーン〟

と、鳴り出したので、私はすぐさま飛び起きて、受話器を取った。

「もしもし。大石君？　坂本です」

それは、現場の坂本さんからの電話だった。

「はい、大石です。何かあったんですか？」

私は、みっこからの電話と思い電話を取ったので、正直、少しがっかりした。

「大石君は、今日は、休みだったね？」

「はい。私用で休みを取っています」

「その私用は、何時くらいまでの予定？」

「そうですね、妹を博多駅に昼過ぎ二時くらいに送る予定です」

と、仕方なく嘘をついてしまった。

「そうか。すまないが、君の用事が終わってから、現場に来てほしいんだ。台風一九号の勢力が猛烈で、建築の元請けから、今晩台風が通過して明日落ち着くまで、関係者は全員、現場で一晩待機するように指示されている。君も一緒に待機するために来てくれないか？」

と言われて受話器を持ったまま、窓の外を見ると、風に煽られて揺れる木々の葉の様子が、昨夜とは全く違う。枝は、今にも折れそうで、大きく揺らいでいる。

「承知しました。何時くらいに行けば良いですか？　できれば午後の三時過ぎくらいなら大丈夫ですが」

　私は今からでも行けると思ったが、みっこから、また、電話がかかってきてほしい気持ちがあって、そのような返事をしてしまった。

「良いよ。三時過ぎで。今夜一晩、酒は飲めんけど、食料は買い込んでいるから、みんなでワイワイ言いながら待機だ。よろしく」

「了解です。三時に行きます」

　坂本さんには申し訳ないと思いながらも、彼女からの電話がかかってきてほしい気持ちが、まだ心の片隅にあった。

　時刻は既に正午を過ぎている。昼食をしようと思い家を出ると、風は、さらに強くなり、雨も少し落ちてきている。私は、急ぎ足で近くの行きつけの蕎麦屋に駆け込んだ。食欲はあまりなかったが、今朝から何も口に入れてないので、簡単にざるそばで済ませた。

もう、これ以上、みっこのことを考えても仕方ないと諦めて、現場に行く支度をした。坂本さんからの電話で、雨で濡れた時のために着替えも用意するように言われていた。下着と替えの作業服をナップザックに詰めて、準備は、整った。気持ちは、既に今夜の現場待機に切り替えた。一晩、大型台風に備えて待機する初めての体験に、なぜか子供のようなワクワク感があった。昔、新聞配達をしていた時に、大雪の中を重たい新聞の束を抱えて、一軒一軒、必死に配達をしたことを思い出した。配り終えた時に、大袈裟かもしれないが、自然と闘った充実感があった。まだ台風とは遭遇していないが、そんな充実感が再び味わえるような期待があった。

時刻は、ちょうど二時半を回っている。私は、準備したナップザックを背負って現場への道を急いだ。相変わらず風は強く吹いているが、雨は止んでいる。

午後三時前に、地下階の現場事務所に到着した。坂本さんをはじめ、他の先輩も全員揃っていた。他の会社の方も皆さん机に向かって仕事をされている。

「お疲れ様です」

「大石君、お疲れさん。まだ本格的に風は、強く吹いていないが、台風は、深夜二時過ぎくらいに、ちょうど福岡を通過する予報が出ている。それまで明るいうちに、建築の方を手伝って一緒に、足場とか、養生シートとかの点検に行ってくれ。要領は、建築の方が教えてくれる。いいな？」

「はい。いいですけど、足場の点検とかしたことがないので、どんなことをしていいのか分かりませんが、大丈夫ですか？」

「大丈夫だ。さっきも言ったけど、建築の鳶のオッちゃんが色々優しく教えてくれる。特に永末さんが優しく教えてくれるよ」

「永末さんですか？　あの人でしたら、いつも私にいろんなことを話してくれます。仕事に関係のない競艇のこととか、中洲の飲み屋のお姉ちゃんのこととか、何も聞いていないのに話してくれるんです」

「さっきここに来たから、君が手伝うことを話しといたよ。ヘルメットと安全帯を着けて、準備が済んだら建築の現場事務所に行ってくれ。それと、雨が降ってきたから、カッパも着ていくこと。もう他の業者の方は揃っていると思うから、準備ができたらすぐに行きなさい」

「承知しました。すぐに行きます」

ちょっと怖い方が多い鳶職の方の中で、永末さんは普段から優しくしてくれているので安心だった。準備を済ませ、建築の事務所に急いだ。

「お疲れでーす」

「おー、お疲れさん。ちょうど良かった。今から現場に行くところや。作業は、二人一組でやる。大石君は私と一緒や。いやか？」

「と、とんでもないです。ありがとうございます」

「そうか。良かった。では、出発しよう」

鳶の方五名、手伝いのスタッフ五名、総勢一〇名で、五班に分かれて現場に向かった。一七階建てなので、それぞれの組が三～四フロアを分担した。私たちは、屋上とその下三フロアを担当した。全員ロングエレベーターで現場へ向かう。

「今、まだ風が、風速一〇メートルもないから大丈夫と思うが、これ以上風が強くなると、エレベーターも使用中止になる。とにかく、明るいうち、台風が、接近しないうちに点検を終わらせんといかん」

永末さんは、真剣に話された。

点検は、足場の止め金具やピン等が、足場のパイプや足場板が筋交いに完全に固定されているか、全箇所を、二人一組のチームになって目で見ていく作業だ。もし不備があれば、専門の道具を使って補修する。その補修作業は、永末さんたち鳶職の役目だ。

「他の会社のことだが、台風で足場が倒壊して歩行者が亡くなられた現場もある。去年、すぐ近くのうちの現場で足場が倒壊して、目の前の五〇メートル先の道路に崩れ落ちたことがあったんだ。幸いに人的被害はなかったが、新聞にも大きく取り上げられて、所長は、飛ばされたよ」

と、永末さんは、今まであったことを思い出されるように、エレベーターの前で全員に話された。

「それでは、ご安全に！」

「ご安全に！」

私たちは、現場へ向かった。

私と永末さんの点検作業は、順調に進んだ。屋上に着くと、高所のせいか風は半端ではなかった。時々、強烈な突風を感じて、何かに掴まっていないと飛ばされそうになった。

「大石君、ここは風が相当強いから、十分気をつけろ。こんなところで落下したら、命もないからな。俺も君の彼女を泣かしたくないからな」

と、永末さんから言われた瞬間、ふと、今朝あった、みっことのことを思い出した。

永末さんは、私のぼやっとした目を察したのか、

「こら！　ぼやっとしたら本当に彼女を泣かすぞ！　しっかりせんか！」

「ハ、ハイ、すみません」

と、返事をした。本当に十分気を付けないと、大変なことになりそうな、そのくらい強い風が吹いている。

一七階、一六階と順調に点検は進み、何箇所かは筋交いの止めが外れているところや、足場の布板のフックが足場パイプにかかっていないところがあった。一五階に下りた時、足場の上を歩いていると、雨が、相当強く横方向から当たってくるようになった。外壁の養生シートは、突風を受けて、その抵抗で足場全体に影響しないように外されて束ねられている。そのため、雨は、点検の私たちにそのまま横殴りの雨粒となって当たってくる。

「大石君、君は、電気屋さんだから、ペンチは、持ってるか?」

「ハイ、持ってます。何かすることがありますか?」

「良かった。ここの養生シートの止めている箇所が少なくて、ひらひらと煽られよる。番線であと二箇所くらい止めたいけん、反対側を足場に縛ってくれ」

永末さんは、腰に提げていた半分に曲げた一メートルくらいの番線を二本渡された。

「それで、シートを目の前の筋交いに縛ってくれ」

「了解です。場所は、この辺で良いですか?」

私は、筋交いの交差するところを指差した。

「おぅ。そこで良か。風で外れんごとしっかり縛ってくれ。君も飛ばされんごと気を付けて作業してくれ」

「了解です」

ペンチの扱いに慣れている私は、安全帯のフックをすぐ上の足場パイプに掛けて素早く作業を済ませた。

私たちは、その作業を終えて、残りの箇所の点検も終え建築の事務所に戻った。時刻は、午後の七時を回っている。雨風は一段と強くなってきた。建築の事務所では、職員たちが、テレビの台風予報を食い入るように見ていた。予報では、台風の現在地は、五島列島付近で、進行の時速を速めて、勢力は九二〇ミリバールと依然強く、北東に進んでいる。進行方向の中心が福岡市付近になっていて、現場所長をはじめ職員の顔つきが真剣だ。怖いくらいに見える。

「永末さん。私は、一旦、設備の現場事務所に帰ります。よろしいですか?」

「あー、良かよ。なんかあったら、また、みんなを招集するけん。そん時は、駆けつけてくれ。それと、そこにある弁当を持っていって良かよ。お疲れさん」

「ありがとうございます。それでは、一旦、失礼します」

私は、少し重くなったカッパ姿で、頂いた弁当を提げて設備事務所へ戻った。

「ただいま戻りました」

「おー、大石君、お疲れさん。どうやった？　大変やったろ」

「永末さんと一緒に屋上から一五階まで回りましたが、屋上が、時々立っていられないくらいの風が吹いてきて怖かったです。永末さんからぼやぼやするな！　って怒られました」

「そうか。しかし、いい経験になったと思うよ。こんなことは滅多にないから、次に同じことがあったら、真っ先に指名するからそん時はよろしくな」

と、冗談半分のような感じで坂本さんは、話された。

「その時は、よろしくお願いします」

私も冗談で返した。

時刻は、既に午後の九時を過ぎている。私は、帰る前に事務所で永末さんからもらった弁当を広げて食べ始めた。弁当の中身は豪華で、天神の有名な料理屋の幕ノ内弁当だった。どれから箸をつけようか迷っていると、背中の方から大きな手が、すーっと伸びてきて真ん中のかつフライをサッと取っていった。

「ごちそうさん！」

と言ってきたのは、先輩のヤマさんだった。この方には、逆らえないと思い、

「どうぞ、美味しく召し上がってください」

と返した。残りの弁当は、本当に旨かった。

時刻は、刻々と過ぎていった。

私たちの事務所の引き戸が、パーンと勢いよく開いて、大きな声で、

「大石君は、おるか？　おるなら返事せい！」

と誰かが叫んできた。図面台に向かっていた私が、返事をしようと思い、振り向くと大声で呼んでいたのは、永末さんだった。

「はーい。ここにいます。何でしょうか？」

「大石君。俺と屋上に一緒に行ってくれ」

「えーいいですが、何かあったんですか？」

「そうだ。台風が通り過ぎるまでに、屋上の再チェックをしに行く。飛ばされるものがないか、もう一度見ておきたい。台風は、すぐそこまで来とる。通り過ぎたら吹き返しの方がすごいと思うから、今のうちに再チェックや。他のスタッフも行く。全員の目で見る。いいな？」

「承知しました。カッパを着てすぐに行きます」

「待っとくけん、すぐ準備してくれ」

私は、乾かしていたまだ濡れているカッパを着て、永末さんと屋上に上った。ロングエ

レベーターは、風速で使用禁止になっている。

建物中央にある階段を一歩一歩上って行った。階段の中では、外の様子が、全く分からない。雨、風は相当強いと思う。さすがに一階から一七階、屋上までの階段はきつい。永末さんは、ホイホイと上っていく。

「おい、若いの早う上ってこんか！」

「すみません。永末さん、早すぎます」

「君の方が断然若いけん、ドンドン上ってこんか！」

と、少し笑いながらハッパをかけられた。一〇階まで来て、私は、この言葉に少しムカッとして、残りの階段を勢いよく駆け足で上って行った。すぐに永末さんを追い越し、まだ仕上がっていないコンクリートだけの屋上の階段出口に到着した。私は、勢いよく駆け上がったため、呼吸が〝ハアー、ハアー〟と苦しくなって、両手を両膝に当てて前かがみになり、じっと息が落ち着くのを待った。少し呼吸が治まった。私は、階上は、すごく風が吹き荒れていると思い、用心深くその出口を出て、やおらヘルメットのつばを親指で押し上げて頭上の空を見上げた。その一瞬、その空は私の想像とは全く違う、素敵な星空が広がっていた。それに私は飲まれてしまった。天上には、満天の星が瞬いている。風は、緩やかになびくように耳元にささやく。信じられない静寂の世界が、目の届く向こうまで、ずっと広がっていた。

（この静寂は一体何なんだ？　さっきまで吹き荒れていた風は、どこに行ったんだろう？）

しばらくして永末さんも屋上に到着した。他のスタッフは、既に到着している。

「良かった。間に合った。君たちに、これを見せたかったんだ。すごいだろ。今、天上に広がっているのが台風の目だ。すごいだろ」

みんな、言葉も出なくなって、ぽかんと空を見上げている。台風の目のことは、話には聞いていたが、あまり信じてはいなかった。しかし、初めて見た台風の目は、全くの晴天。風も収まって、星は輝いているし、雲も点々としか見えない。本当にあの暴風雨はどこへ行ってしまったのか？

「良し、みんなもう良いだろう。台風は、通過して行った後の吹き返しの風が、荒れるから、今のうちにこの屋上階に飛ばされるものが、まだ残っていないかチェックしてくれ。時間は一五分。余裕はないからな」

「ハイ！」

全員声を揃えて仕事にかかった。

コンパネの切れ端や、養生シートの片付け忘れを一枚見つけて、最後の点検を終え、階下へ下りて行った。本当にまた、暴風が吹くのだろうか？　疑わしく思えてきた。上空は、西の方から黒く厚い雲が流れてきた。時刻は深夜二時を既に過ぎている。

台風は、速度を少しずつ速め、山口を通過し勢力も弱まり、温帯低気圧となり日本海へ抜けて行った。そして、我々の現場も何事もなく、無事、朝を迎えることができた。

午前八時、恒例の現場朝礼が行われ、現場所長が、無事故で迎えられたことの報告と、スタッフ全員へ感謝の話をされた。我々も本当に何もなくホッとした。朝礼終了後、私の会社のスタッフミーティングが、坂本さんの指示で行われた。

「みんな、お疲れさん。一晩、徹夜になって大変だった。本当にお疲れさん。特に大石君は、永末さんと一緒で良い経験ができたと思う。次も同じことがあったら、またよろしく頼む」

と、坂本さんは、昨夜、私に冗談っぽく話されたことを、今度は、みんなの前で話された。

「承知しました」

私は昨夜と同じ返事をして返した。

「今日はこの後、簡単に片付けを行い、仕事は、終了する。徹夜で頑張ってくれたので、みんな眠いと思う。明日は、午後からの現場開始とする。建築からその通達が来ている。明日の現場の仕事は、残りの片付けだけになると思う。今日は、ゆっくり休んでくれ」

坂本さんの話に、私は、ほっとした。先ほどから眠たくてたまらなくなり、話を聞きながら半分眠っている。

「大石君、いいな」

「ハ、ハイ！　了解しました」

「良し。では、ご安全に！」

「ご安全に！」

眠い目をこすりながら、台風の後の、飛び散ったごみの片付けを済ませ、私たちは、帰路についた。台風一過、帰路の途中、見上げた空は、昨夜、初めて遭遇した満天の星と同様に、ずっと向こうまで雲一つなく晴れわたっている。ただ風は、台風が過ぎ去った後の吹き返しなのか、まだ時々強く感じる。その風を受けながら、帰り道ふと、みっこのことが、頭に浮かんできた。みっこは、昨日の朝早くこの強い風を避けて、東京へ帰って行った。

空港からかかってきた彼女からの電話は、プツッと、私の話の途中で切れてしまった。切れてしまったと言うより、彼女が仕方なく切ったような気がする。私の言い訳を聞きたくなくて、自然と受話器を置いたのかもしれない。ずっとますみさんとのことを言い出せなくて、手紙を書くのも疎かになり、裏切ったのは私なので、そのことを思うと、電話を切られても仕方なかったと感じた。悪い言い方だけど二股をかけたのは、自分だから。と、心の中で自分にさとしながら、こんな自分と同じような男の話をますみさんの口から、ずっと以前に聞いたことも思い出していた。本当に卑怯な自分を戒めていた。

午後三時過ぎ、自宅近くまで帰り着いた。昼食を、また近くの蕎麦屋で済ませることにした。蕎麦屋と言いながらも、この店はラーメンが美味しいので、いつものラーメンライスを注文した。鶏ガラでとった白濁のスープが美味しくて、いつも最後の一滴まで完食する。しかし今日は、昨夜の徹夜で疲れているのと、何か胸に痞《つか》えるものがあって、スープは飲み干せなかった。

部屋に帰り、雨で濡れた作業服や他の物を洗濯して、濡れたカッパと一緒にベランダに干した。自分自身の疲れ切った体も、ゆっくり風呂に浸かって休めたかったけれど、そこまでエネルギーが、残っていない。シャワーを浴びて、あとは、眠るしかなかった。体を拭き終えて冷蔵庫から缶ビールを取り出し、一気に飲み干した。そして、何も着けずそのままの姿で、タオルケットの中で深い眠りに沈んでいった。まだ夏の陽ざしは高く、窓ガラスを通して容赦なく差し込んでいる。しかし私の体は、それにお構いなく、そのままの姿で夢を見ることもなく、深い眠りについた。そして長い睡眠を終え、再び、月曜日の朝の陽ざしを受け入れていた。

今日の現場出勤は、午後一時までに行けば良い。少しゆっくりできる。睡眠は十分とれたので体の疲れは、感じない。さわやかな朝を迎えたと思っていたが、なぜか心の中に引っかかるものがある。

朝食は、昨日の帰りに買い込んでいたサンドイッチと、いつもの大好きなあんドーナツで済ますことにした。冷蔵庫から牛乳パックを取り出して沸かし、マグカップにティーバッグの紅茶を落とし、あったかいミルクティーを点《た》てた。砂糖は多めに入れて甘くするのが定番で、今日もスプーンで二杯にした。美味しい。ふと窓の外に目をやると、風は、まだ時折強く吹いているようで、木々の枝は、風に煽られ、その強さに耐えられなく、精一杯曲げた姿を時々見せていた。

みっこのことが、まだ気持ちの中に残っているのか、目を覚ましてからなぜか気持ちが落ち着かない。気分転換に、陽水のＬＰレコードに針を落として気を紛らわすことにした。学生時代は、友達に借りたレコードを、カセットに録音して、何度もずっと聴いていた。「能古島の片想い」が収録されているこのＬＰは、ますみさんと、初めて能古島に行った七月の初め、その日の二週間後が私の誕生日だったので、一緒に行った記念に彼女がプレゼントしてくれた。

私は、最後にあんドーナツを食べ終えた。そしてミルクティーの残りで軽く喉を潤し、

ＬＰに合わせハミングを始めた。気持ち、陽水の世界に入っていった。

♪僕の声が、君にとどいたら

　　　　ステキなのに♪

気持ちよく歌いながら、外に干してあった洗濯物を取り込もうと思い、ベランダのガラス戸を開けた瞬間、ヒューと風が、勢いよく吹き込んできた。と、その風でレコードプレーヤーの横に置いていたジャケットが飛ばされ、針のついたアームに当たった。アームは、一度、ドンと音を発した後、ＬＰ盤の上をサーと流され、ザーと雑音を出しながら横滑りした。

私は、すぐさま窓を閉め、ザーザーと繰り返すアームを持ち上げ、先ほどまでかかっていた「能古島の片想い」の出だしに針を落とし直した。しかし、盤に傷が付いたようで、同じところで何度も曲は繰り返した。

♪遠くに見える灯りは、

　♪南へ行く・南へ行く・南へ行く・♪

と、何度も繰り返すばかりだった。

私は諦めて次の歌、「帰郷」の出だしに再度、針を落とした。

♪季節、はづれなのは、ホトトギス♪

寂しい歌だけど、この歌も好きで、レコードと合わせてハミングした。

食事も済ませ、仕事へ行く準備も整い、そろそろ良い時間になったので、現場へ向かうことにした。外の天気は、やはりまだ風が、時々強く感じる。

午後からの現場業務は、スタッフのミーティングから始まった。工程の確認と安全の注意の後、坂本さんが、

「みんな聞いてくれ。昨日は、お疲れさん。建築の所長からもお礼の挨拶を頂いた。その報告が一つ。それとあと一つ、君たちに話しておきたいことがある。あと二週間ほどでお盆休みに入る。その休みのあと、約二カ月後、一〇月末にこの現場の竣工を迎える。現場の追い込みだ。分かっていると思うが、全員、残業と休日出勤の覚悟をしてくれ」

と、話された。

私は、前の百貨店の現場で三週間ほど、数日の徹夜の追い込みを経験していたが、あれをまた、やらなければならないと思うと、辛いなーと思った。

「それでは、全員、ご安全に！」

「ご安全に！」

と、呼び合ったと同時に、

〝リ〜ン、リ〜ン、リ〜ン〟

と、事務所の電話が鳴った。

「もしもし、現場入場門の保安室からです。そちらに、大石さんて、いらっしゃいますか?」

「います。ちょっと待ってください」

「大石君。ガードマンから電話」

「もしもし。大石です」

「あー、大石さん。あなたに荷物が届いています。取りに来てください」

「私にですか? 会社に来ているんじゃないんですか?」

「そうです。あなたにです。大石さんに」

「分かりました。取りに行きます」

私は、不思議に思った。どうして私に、荷物が届いたのか、心当たりがない。

「すみません。大石です」

「大石さん? これ、お届け物。弁当と思うけど。今朝、女性の方が持って来られて貴方に渡すように言われました。奥さんかな?」

「すみません。まだ結婚していません。独身です」

「え、申し訳ない。適当なこと言って。今日も朝から少し暑いんで、冷蔵庫に入れてたから、冷めているかもしれんけど」

「いえ、ありがとうございます」
渡された荷物は、薔薇模様の手提げの紙袋の中に、布で包まれた四角い箱だった。一日見て、弁当箱と分かった。手紙が、添えてある。私は、現場事務所に帰り、その手紙を確認した。ますみさんからだった。

大石文雄さんへ
おはようございます。
お仕事、お疲れ様です。
お弁当作ってきました。
お口に合うか心配です。
合わないときは、我慢して召し上がってください。
それと、今日、貴方宛に手紙を書いて出しました。
どれもこれも、突然のことで驚かれるかもしれませんが、お許しください。
安部ますみ

私は、その短い手紙を読み終え、弁当は、残業で食べようと思い、冷蔵庫に仕舞った。

午後からの業務は、ほとんどが、昨日の片付けと掃除。永末さんが、私の事務所に来られて、

「大石君、屋上の片付けに一緒に来てくれないか？」

「良いですけど、一応、坂本さんに了解をもらわないと」

「良か。あとで、俺が事後承諾もらうよ」

「分かりました。行きます」

永末さんのこのペースは、坂本さんも承知していると判断して、永末さんの指示に従った。今日はロングエレベーターで屋上まで昇った。屋上にたどり着き、一緒に歩きながら、またいつものように、競艇の話とか、中洲の可愛いお姉ちゃんの話とかが出るのを半分楽しみにしていた。片付けは、台風対策の準備が、十分だったのだろう。簡単に終わった。

「大石君。一昨日、昨日とお疲れ様」

「ありがとうございます。本当にお疲れ様でした」

「君たちの、協力のお陰で、この現場は、何もなくて良かったよ。他の現場の報告では、足場が倒壊して前面の道路を塞いだ現場なんかあったらしい。後処理が、大変なようだ。本当にありがとう」

「いえ。僕なんか、何も分からなくて、永末さんの指示に従っただけですから」

「まあ、ひとつずつ覚えていってくれたら良いよ。何事も経験だ」

「了解です」

「現場の被害の話じゃないが、さっきニュースを聞いていたら、今朝、能古島に行くフェリーで転落の事故があったらしい。女の子が博多湾に落ちてすぐ救助したが、海水を多量に飲んでて意識がないらしい。ダメかもな？　まだ台風の後のうねりが、大きくて何かの拍子で落ちたんだろうな。かわいそうに」

「ほんと、かわいそうですね」

「良し。ここは、大丈夫だ。事務所に上がろう」

「上がるんじゃなくて、下がるのですね？」

「コラ！」と、笑い顔で怒鳴られて、ヘルメットの上から軽くポコッと一発たたかれた。

「すみません」

私も、ペロッと舌を出して、頭を下げた。

他の片付け作業は、屋上の片付けと同様に、それほど時間をかけなくて完了した。坂本さんから、片付けが終わったら、今日は定刻で帰宅するように指示されていた。しかし私は、残業で避雷針の施工図面を画き上げたいと申請していた。それは、ますみさんから届いた弁当があったからだ。その弁当が楽しみで、残業も良いかなと思った。

♪ドュビドュビドュン　ドュビドュビドュン♪

『こんばんは、こんばんは、もひとつおまけに、こんばんは。皆さんお元気ですか？』

今夜も、定番の快い呼び掛けが、ＦＭから流れてきた。なぜかこの声を聴くとホッとする。ついついこの呼び掛けに合わせて、

「こんばんは」と、答えている。

私は、〝こんばんは、こんばんは〟のＦＭが始まると仕事の手を休め、机の上に、今朝届いた、ますみさんからの弁当を開いた。中には、海苔で巻かれた三角形のおにぎりが三つ、卵焼き、鶏の唐揚げ、ピーマンやニンジンの炒めもの、それと高菜の漬け物が添えられていた。美味しそう。何から箸をつけて良いか迷った。まずは、おにぎりからと思い、手づかみでガブッと一口食べてみた。おにぎりの中は、辛子明太子がいっぱい。大満足。どれもこれも美味しくて、アッという間に食べ上げた。

「ご馳走様でした」と私は、手を合わせた。ますみさんは、料理が上手なんだと、感心した。実家が旅館だから、いろいろ手伝って覚えているのかもしれないと、勝手に想像した。

弁当を食べ終わって、再び図面台に向かい、避雷針の図面を進める。傍では、軽快な女性ＤＪのトークが流れている。

『福岡のみなさーん。本当に台風、大変だったでしょう。先週の金曜日の最後に、私も、

台風さん来ないでって、一緒にお願いしたけど、まともに来ちゃったみたい。雨は、あまり降らなかったようだけど、風が強くて、まだ、片付けなんか大変なんでしょ。頑張ってしか言えないけどごめんなさいね。それでは、この辺でニュースを入れてもらいます。七時のニュースお願いしまーす』

彼女の話の通り、雨は、たいして降らなかったが、風の被害が大きくて、他の現場でも大変らしい。男性アナウンサーの声が、流れてきた。

『それでは、福岡のニュースをお伝えします。まず初めに、

本日、福岡市の博多湾、能古島行きのフェリーで女性の転落事故がありました。事故があったのは、姪浜発午前一〇時一五分能古島行きのフェリーで、乗船していた女性が、フェリーから海中に転落しました。発見したフェリーの乗務員が、救助に取り掛かりましたが、台風の後のうねりと、近くを航行していた大型貨物船に依る大きな波の影響で、すぐには救助されませんでした。まもなく救助された女性は、多量の海水を飲み、意識不明で救急車で病院に搬送されましたが、午前一一時四五分に死亡が確認されました。亡くなられたのは、福岡市中央区にお住まいの安部ますみさん、二七歳です。フェリーには、お独りで乗船していたようで、警察では、事故と自殺の両面で捜査しています。それでは、次のニュースをお伝えします。………』

エピローグ

「お客様に申し上げます。本船は、まもなく能古島に到着致します。お降りの際は、携帯電話等お忘れ物のないようにお願いします」

冬の風が、冷たい。船上の私の頬に針が刺すように、鋭く、容赦なく、風は、吹き付ける。私は、まもなく古希を迎える。いまだ幾年もの間の、忘れられない思いを背負って、この島の土を踏むことを躊躇していた。

今、能古島の港に降り立った。降り立ったその場所は、何もかもが新しく建て変わり、あの時のものは何も見つからない。仕方ないと思いつつ、少しでもほんの欠片《かけら》でも見つけたいと念じ、船着き場から足を進めることにした。ますみさんと、初めて、この島を訪れた時、お花畑の公園までは、バスに揺られてたどり着いた。私は、その道を自分の足で、背負った重いものをひとつひとつ確かめるように進んで行った。右手に博多湾を眺め、新しく舗装された道路を、時々、海岸にこれも新しく作られた岸壁の上を、あの時のように歩いて行った。少しずつだが、心が軽くなるのを感じた。

しばらく進んで行くと、緩くカーブした道の突端に到着した。その周りの海岸は、小さな湾になって、岸壁の下は岩肌が重なった浜辺になっている。その岩肌から波打ち際までには、見覚えのある砂浜が広がっている。

ますみさんと、夜空を見上げたその砂浜かもしれない。自ずと私の体は、岸壁の階段を引き寄せられるように下りて行った。その砂浜に腰を下ろし、両足を波打ち際の方へ投げ出し、上体は、両手を背中の後ろでついて、支えた。私は深く目を閉じて、今まで背負っていた重い荷物を、解《ほど》いていった。すると、私の心の片隅に残っていた、あの時、この砂浜で、ますみさんと一緒に星を数えたこと、そして、彼女と交わした甘い唇の感触が、まざまざと蘇ってきた。なんて素敵な時間だったんだと思い返しながら、自然と涙が頬をつたわった。

しかし、背負ってきた荷物を解いて、今蘇った素敵な情景を、自分自身、なんて不埒な人間なんだと恥じた。もう取り返しはつかない。そう思って自分を責めても引き返せない悔しさに、嗚咽がこみあげて、涙を流すしかなかった。

〝ザ〜〜、ザ〜〜、ザ〜〜〟

と、寄せては引いていく静かな波の響きは、止むことは、なかった。その波の音に癒やされることなく、長い時間、その場で顔を伏せてたたずんでいた。

すると、

「文雄さん、文雄さん」

私に、誰かが声を掛けてきた。波打ち際の方向から、声が聞こえる。誰が、私を呼んでいるのだろうと、その方向に顔を上げて、そっと目を凝らした。

「あ、ますみさん？」

「そう、安部ますみです」

「どうして、ここに？」

私は立ち上がって、彼女の傍に行こうとすると、

「文雄さん、そこにいて。ここには、来ないでね」

「分かった。でも、どうして？」

「ごめんね。びっくりさせて。でも、文雄さんが、私をはじめてここに呼んでくれたのよ。はじめてよ」

私は、あの時以来、能古島に来ることを、拒んでいた。忘れたい気持ちもあったが、来る勇気がなかった。

「良いのよ。何も言わなくて。ここに来てくれて、私、とっても嬉しい。ありがとう」

「今まで来られなくてすみません。それしか言えないけど、本当にごめん」

「良いのよ。来てくれたから。ありがとう。でもね、私、もう行かなくちゃいけないから、

最後にひとつだけ私から言わせてもらって良い？」

「え、最後って？」

「えー。あなたに言い忘れたことが、ひとつだけあったの。言って良い？」

「ひとつだけって、何なんですか？」

「えー、ひとつだけ。びっくりしないでね」

「すみません。何か分からないけど」

「じゃー、言うね。グッドラック、トゥータイム　ボーイ！

グッド　バーイ！

待っているからね！」


（完）

著者プロフィール

内藤 史郎（ないとう しろう）

1954年、福岡県生まれ。

国立北九州工業高等専門学校卒業。

卒業後、建築設備会社入社。

退社独立後、建築設計事務所に勤務。

建築設計事務所退職後も、建築設計に携わりながら、日々、余生を楽しみ、現在に至る。

著書に『カーテンコール』（2021年、文芸社）がある。

グッドラック　トゥータイム　ボーイ

2024年４月15日　初版第１刷発行

著　者　内藤 史郎
発行者　瓜谷 綱延
発行所　株式会社文芸社
〒160-0022　東京都新宿区新宿１－10－１
電話　03-5369-3060（代表）
03-5369-2299（販売）

印刷所　株式会社フクイン

ISBN978-4-286-24693-2　JASRAC 出 2308259－301